루비와 황금저울

8

렘넌트 판타지 장편소설

ORIGINAL FANTASY STORY &ADVENTURE

dream
books
드림북스

루비와 황금저울 8(완결)

초판 1쇄 인쇄 2018년 4월 19일
초판 1쇄 발행 2018년 4월 26일

지은이 렘넌트
발행인 오영배
기획 박성인
책임편집 편집부
디자인 권지연
제작 조하늬

펴낸곳 (주)삼양출판사 · 드림북스
주소 서울시 강북구 도봉로 173
대표 전화 02-980-2112 **팩스** 02-983-0660
편집부 전화 02-980-2116 **팩스** 02-983-8201
블로그 blog.naver.com/dreambookss
출판등록 1999년 3월 11일 제9-00046호

ISBN 979-11-313-0674-1 (04810) / 979-11-313-0666-6 (세트)

드림북스는 (주)삼양출판사의 판타지 · 무협 문학 브랜드입니다.

Contents

Chapter 1.
소로스의 음모

아스테리아 최북단에 위치한 암흑 교단.

천 년 전, 블랙 드래곤의 힘을 등에 업은 암흑 교단은 최후의 전쟁에서 인간, 엘프, 드워프가 힘을 합친 연합군에 패했다.

전쟁에서 패한 대가는 참혹했다.

사시사철 눈이 내리고 햇빛 볼 수 있는 날이 한 손에 꼽히는 죽음의 대지까지 쫓겨나야 했다. 연합군에 패한 암흑 교단에게 주어진 땅에는 인간이 절대 살 수 없는 극도의 추위와, 풀 한 포기 자랄 수 없는 어둠만이 존재했다.

수백 년의 시간이 지나면서 인간은 고대 전쟁과 암흑 교단이라는 단어 자체도 잊어버렸지만, 암흑 교단은 살아남았다.

마법의 부흥기였던 고대 시대의 지식을 고스란히 간직하고 있었기에 혹한의 환경을 견딜 수 있었다. 흑마법의 시조인 블랙 드래곤으로부터 전수받아 마법 공학과 교단을 이끄는 사도에게에게만 전수되는 바디 체인지라는 흑마법 덕분이었다.

마계의 마수를 소환해 얼음으로 성을 쌓고 사도들의 마법 지식으로 점차 죽음의 대지를 사람이 살 수 있는 땅으로 바꾸어 갔다.

교단의 든든한 버팀목이었던 블랙 드래곤도 따뜻한 햇빛을 잃었지만, 그들은 죽음의 대지에서 점점 예전의 힘을 회복하며 복수의 칼을 갈았다.

생존의 위험이 사라지고 힘을 되찾은 암흑 교단은 예전의 실패를 되풀이하지 않고 세상을 지배하기 위해 은밀하게 대륙으로 스며들었다.

고위 흑마법사를 파견해 폭동을 일으켜 내전을 일으키기도 하고, 역병을 퍼트려 인간들의 숫자를 줄이기도 했다.

하지만 인간의 생명력은 끈질겼다.

작은 것에 분열을 일으키고 전쟁하는 것이 인간이지만, 생존의 위기 앞에 영웅들이 등장했다. 대륙의 존폐가 태풍

앞의 촛불처럼 흔들릴 때마다 인간들은 하나로 똘똘 뭉쳤고, 위기를 극복했다.

고대 전쟁이 일어난 지 천 년이 지났지만 인간들의 행동은 별반 다를 것이 없었다.

위기 앞에서 뭉치는 것이 인간의 본성이라고 결론지은 암흑 교단 내에서는 전략을 다르게 했다.

교단에 위험이 될 만한 인물과, 영웅이 될 만한 기질을 타고난 인간들을 암살하기로 결의했다. 특히 흑마법의 천적인 정령사를 죽이는 것에 총력을 기울였다.

거기에 한 가지 더.

폭동이나 역병과 같은 외적인 공격이 아니라, 인간 내면을 공격하는 전략을 세웠다. 인간이라면 누구나 가지고 있는 욕망을 공략하여 인간들이 스스로 노예가 되는 전략으로 수정했다.

오랫동안 인간들을 관찰한 암흑 교단은 사소하지만 인간 세상에서 절대 없어서는 안 되는 하찮은 물건에 집중했다.

화폐.

작은 금속 조각에 불과하지만 인간의 모든 욕구가 집약된 화폐만 지배할 수 있다면 무혈입성이 가능하다는 결론에 도달했다.

피 한 방울 흘리지 않고 인간 세상의 보이지 않는 지배자가 되기 위해 제일 사도 소로스를 책임자로 앉혔다. 소로스에게 힘을 실어 주기 위해 교단 내 무력 단체인 암흑 기사단까지 지원했다.

급진파의 수장인 소로스가 세상에 나가자마자 펼친 활약은 눈부셨다.

4대 상단을 만들어 상계를 지배하고 은행이라는 기관을 통해 각 나라의 화폐를 지배해 나갈 때마다, 암흑 교단의 대륙 진출은 다 된 것처럼 보였다.

자신들의 앞길을 막는 진 제국과 식량 창고 역할을 할 노틸러스 제국만 삼키면 암흑 교단의 오랜 숙원인 인간 지배라는 목표를 달성할 것만 같았다.

하지만 목표를 눈앞에 두고 무너졌다.

암흑 교단에서 신경도 쓰지 않은 인간 하나 때문에 백 년간 소로스가 심혈을 기울였던 기반이 모두 뽑혔다. 4대 상단은 무너지고, 암흑 교단의 거점 역할을 할 은행은 빼앗겼다.

소로스의 실패 소식에 암흑 교단은 들끓어 올랐다.

급진파 수장인 소로스가 교주로 등극하면서 임시로 봉합되었던 급진파와 온건파의 투쟁이 수면 위로 떠올랐다.

교주에게 힘을 실어 주자고 주장하는 급진파와, 책임을 지고 교주에서 물러나라는 온건파의 주장이 부딪치면서 교단의 분위기는 심각한 지경에 이르렀다.

두 패로 갈라져 분열되고 있는 사이, 소로스는 자신의 힘을 되찾기 위해 암흑 교단으로 돌아왔다.

*　　　*　　　*

아직 바깥에 어둠이 깔리지 않았음에도 불구하고 마치 한밤중이라도 된 것처럼 어두운 분위기가 성 전체를 뒤덮었다.

그 어둠의 중심에 은행장으로서 자금으로 대륙을 지배했던 중년 사내 하나가 앉아 있었다.

사내의 이름은 소로스.

4대 상단과 은행이라는 기관으로 상계를 지배하고 대륙을 지배할 뻔했던 거물이다.

하지만 월슨 왕국에 있을 때와는 달리 그의 안색은 대단히 창백해 보였다. 몸은 곳곳에 뼈가 튀어 나올 정도로 말라 있고, 등 뒤로 수십 개의 얇고 투명한 관들이 꽂혀 있었다.

세상을 씹어 먹을 만큼 자신감에 가득했던 호탕한 얼굴도 변했다. 그의 얼굴은 수심으로 가득 덮여 있고 바디 체인지 마법의 후유증 때문인지 상체 곳곳에 검은 반점이 퍼져 있었다.

노틸러스 제국과 월슨 왕국에서 일어난 연이은 실패로 인한 악재가 몸 전체에 고스란히 담겨 있었다.

"월슨 왕국의 경제는 그루먼 상단의 파산으로 끝없이 하락하고 있습니다. 연쇄적으로 상단들이 문을 닫고 있고, 타국의 상인들은 점점 이탈하고 있습니다. 더 큰 문제는 이대로 흘러가면 교단의 생필품을 조달해 주던 상단들도 사라진다는 것입니다. 그렇게 되면 교주님을 탄핵하자고 주장하는 온건파의 주장이 점점……."

"크흠."

얼음성 대전 곳곳에서 신음소리가 들려왔다.

특히 소로스의 인상은 더없이 구겨졌다.

백 년 넘게 심혈을 기울여 심어 두었던 은행과 상단들이 무너지고 있다는 보고에 가슴이 찢어지는 듯했다. 또한 백 년간 자신을 믿고 따라 주었던 교단 내 고위 장로들에게 계획이 실패했다는 것을 알려야 한다는 것이 너무 부끄러웠다.

대륙의 전반적인 상황이 보고되는 동안 소로스는 주먹을 꽉 쥐었다. 그러고는 이빨을 갈며 한 사람의 이름을 곱씹었다.

'아카드…… 이 개자식. 반드시 자근자근 뼈까지 씹어

죽일 것이다.'

소로스의 명령을 받고 대전에 모인 급진파 장로들은 보고가 들릴 때마다 끙끙거리는 모습을 보였다.

평소 같으면 불같이 화를 내며 따지기라도 했을 텐데, 책임 소재를 물어야 할 대상이 자신들이 따르는 교주인지라 이러지도 못하고 저러지도 못한 채 서로 눈치만 보고 있다.

"제국에서 파견한 신임 제국은행장이라는 자가 보통이 아닙니다. 그자 때문에 윌슨 왕국은 경제뿐 아니라 정치적으로도 내분이 일어날 기세입니다. 이대로 가만히 있으면 암흑 교단의 교두보 역할을 해 온 윌슨 왕국이 사라질 수도 있다고 판단…… 됩니다."

남대륙 상황을 보고하던 젊은 암흑 기사가 슬그머니 말끝을 흐렸다. 쾅! 하며 분노를 담아 의자 손잡이를 내리치는 소로스의 행동에 기사는 뒤로 물러섰다.

깊고 어두운 침묵이 다시 대전 전체를 휘감았다.

여기에 참석한 인물들 대부분이 급진파 흑마법사들 중에서도 높은 직책을 가지고 있는 장로들이다. 괴팍하고 불같은 성격을 지닌 자들이 대부분이지만, 아무도 의견 제시를 하지 않았다.

교주와 관련이 있는 일이다 보니 침묵으로 일관했다.

또한 어떤 결정을 내릴지 궁금했다.

소로스가 적극 지지한 기존의 전략대로 은밀하게 인간 세상을 지배하는 길을 선택할지, 급진파가 주장하는 대로 전쟁을 통해 보이는 지배자의 길을 선택할지.

장로들의 이목이 소로스에게 집중되었다.

암흑 교단 교주이자 동시에 급진파의 수장인 소로스는 그동안 다른 급진파들과 의견을 달리했다.

온건파가 처음 제시한, 화폐를 통해 인간들을 지배하는 전략이 힘을 얻을 수 있었던 원인은 바로 급진파 수장인 소로스의 지지였다.

시간이 걸린다는 단점도 고위 흑마법사들에게는 아무런 제약이 되지 않았다. 바디 체인지라는 흑마법 주문을 통해 얼마든지 생명을 연장할 수 있기 때문이다.

하지만 연이은 실패로 100년간의 모든 기반을 잃어버린 이상, 소로스는 뭔가를 해야 했다. 온건파의 관심을 돌릴 수 있을 만한 획기적인 전략을 내놓든가, 아니면 온건파와 전쟁이라도 일으켜야 한다.

그렇지 않으면 곧 있을 암흑 교단 총회의에서 소로스에 대한 탄핵을 막을 수 있는 명분이 없었다.

"가장 시급한 것이 뭐지?"

소로스의 질문에 보고를 하던 암흑 기사는 조심스럽게 의견을 내놓았다.

"온건파에 대한 우리의 입장을 정리해야 할 것 같습니다. 그들과 전쟁을 할지, 아니면 설득을 할지 결정을 해야 대처할 수 있습니다."

"전쟁이라. 뭔가 명분이 필요한데. 좋은 수가 없을까?"

오랜 침묵을 깬 소로스는 계속 같은 말을 중얼거렸다. 결정이 필요한 시점이 다가왔지만 내분이라는 극단적인 선택이 마음에 들지 않는지 결정을 내리지 못했다.

"요즘 사도 그로울리 님과 온건파의 행보가 수상합니다. 아무래도 무슨 꿍꿍이가 있는 것 같습니다."

소로스의 눈치를 살피던 자들 중 한 명이 슬그머니 앞으로 나섰다. 그의 얼굴을 확인한 소로스의 얼굴이 환해졌다.

대전 내 모든 이들의 시선을 받으며 나선 이의 이름은 베넨. 교단에 존재하는 네 명의 사도 중 하나이자 소로스의 오른팔이다.

저주 계열의 대가로, 오랫동안 교단을 비운 소로스를 대신해 급진파를 이끈 교단의 거물 중 하나다.

"그 발언은 자칫 교단 내 분열을 일으킬 수도 있는 위험한 발언이야. 책임질 수 있는 말인가?"

장내의 모든 시선이 베넨에게 몰렸다.

협박이 내포되어 있는 소로스의 질문에도 베넨은 눈 하나 깜박하지 않았다. 오히려 확신에 가득 찬 표정으로 자신의 발언을 뒷받침할 근거를 제시했다.

"그동안 저희는 교단의 무력과 행정을, 그로울리 님과 온건파는 정보와 드래곤들의 지혜가 담긴 금서 관리를 맡아 왔습니다. 효율을 위해서죠. 그런데 얼마 전부터 정보가 제대로 들어오지 않습니다."

"온건파가 정보를 틀어막고 있단 말인가?"

"그렇습니다. 그뿐만이 아닙니다."

소로스와 눈빛을 교환한 베넨은 남들 모르게 고개를 살짝 끄덕이며 몸을 돌렸다. 그는 대전에 모인 장로들을 향해 우렁차게 성토하기 시작했다.

"교주님의 마력을 회복하기 위해 일반인들에게 우리의 지식을 개방했습니다. 우리 교단의 지도자이신 교주님을 위해 어쩔 수 없는 선택이었죠."

바디 체인지 마법의 후유증으로 일반인과 다를 바 없어진 소로스를 위해 급진파들은 굳게 닫혀 있는 교단의 문을 열었다.

암흑 교단에 물품을 제공하는 상단들을 통해 소문을 냈다. 누구나 마나석을 가지고 오는 사람은 암흑 교단의 사람으로 받아들이고, 마스터에 준하는 힘을 전수해 준다고 선포했다.

실제로 마나석을 가지고 오는 인간들에게 자신의 생명

력을 담보로 단시간에 큰 힘을 낼 수 있는 흑마법을 전수했다.

온건파 소속의 흑마법사들은 강하게 반발했지만, 강건파는 교주의 회복을 위해서라는 명분을 내세우며 밀어붙였다. 대전 내 흑마법사들은 베넨의 말에 알고 있다는 듯이 고개를 끄덕였다.

"계속 해 보게."

"얼마 전부터 교단을 찾아오는 인간들이 점점 줄어들고 있습니다. 그 때문에 교주님의 마력 회복이 생각했던 것보다 길어지고 있고요. 우리는 이 일의 배후에 온건파의 핵심 인물들이 관여한 것은 아닌지 깊은 의구심을 가지고 있습니다."

"그것만으로 의심하는 것은 곤란하지. 마나석이라는 것이 실제로도 구하기 힘든 보물이 아닌가."

소로스는 속으로 쾌재를 불렀지만 자신의 감정을 숨겼다. 겉으로는 손을 흔들며 온건파를 두둔하는 것처럼 보일 정도다.

"의심이 아닙니다. 증거가 있습니다."

"증거?"

"교단에서 인간들에게 전수한 흑마법의 부작용과 위험성이 소문이라는 도구를 통해 상세하게 외부로 알려지고 있습니다. 이게 무얼 의미하겠습니까?"

갑자기 대전 안이 웅성거리기 시작했다.

베넨의 발언을 끝나자마자 장로들은 서로를 쳐다보며 의심 어린 눈빛을 교환했고, 몇몇 사람들 사이에서는 온건파와 싸워야 한다는 목소리가 터져 나오기 시작했다.

"그뿐이 아닙니다. 암흑 교단 최후의 보루라 할 수 있는 금서를 지키는 파수꾼들이 하나둘씩 사라지고 있다는 소문이 돌고 있습니다. 즉, 누군가에 의해 금서가 인간들에게 유출되고 있다는 말이지요."

"자네는 그 누군가가 온건파라고 말하고 싶은 건가? 천 년간 교단의 한 축을 담당했던 온건파가 교단을 배신하고 있다는 말인가?"

"정확하게는 온건파 전부가 아니라, 온건파의 핵심 인물이 주도적으로 일을 벌인 것이 아닐까 생각하고 있습니다."

소로스는 눈을 감으며 뭔가 생각하는 척하더니 천천히 입을 열었다.

"간단하게 정리하지. 결론이 뭐야?"

베넨은 잠시 입을 닫고 머뭇거렸다.

자칫하면 자신으로 인해 교단이 반으로 쪼개질 수도 있는 사안이기에 신중을 더하는 표정이다.

한참 동안 굳게 닫혀 있던 베넨의 입이 천천히 열리기 시작했다. 그는 어젯밤 은밀하게 소로스와 만나 사전에 입을 맞춘 지시 사항을 장로들 앞에 터트렸다.

"이참에 교단 내부의 걱정거리를 동시에 처리했으면 합니다. 모든 암흑 기사들을 교단으로 소환해 반역을 꿈꾸는 자들을 정리해야 합니다."

"내부의 걱정거리라면 온건파를 모두 잡아들이자는 말인가? 그건 곤란해. 그들도 교단의 일원이라는 것을 잊지 말게."

소로스는 거부 의사를 밝혔다.

하지만 한번 터진 베넨의 발언은 거침이 없었다. 그는 암흑 교단 내에 태풍이 불지도 모르는 스위치를 자신의 손으로 눌러 버렸다.

"교주님의 뜻이 그렇다면 사도의 권리를 행사하겠습니다. 변절자로 변해 버린 사도 그로울리를 반역죄로 잡아들일 것을 요청합니다."

대전 내 장로들의 움직임이 굳어 버렸다.

암흑 교단에서 사도라는 직위는 무소불위에 가까운 존재다. 정신적인 지주이자 교단의 미래를 제시하는 사도를 체포하는 일은 암흑 교단 역사에서 전무후무했다.

하지만 누구도 반대하는 이는 없었다.

그로울리와 같은 위치에 있는 베넨이 사도의 권리를 사용하겠다는데, 거부할 명분이 없었기 때문이다.

"사도가 사도를 신고하기 위해서는 증거가 필요하다는 교칙을 알고 있을 텐데. 정황상 증거로는 안 돼. 눈으로 확인할 수 있는 확실한 증거를 가지고 있나?"

"있습니다."

베넨은 옷 속에서 오래된 두루마리를 꺼냈다. 가죽으로 만든 두루마리는 세월이 측정되지 않을 만큼 낡고 색이 바래 보였다.

"얼마 전, 교단 내 은밀하게 빠져나가는 무리가 있다는 정보가 들어왔습니다. 오랜 추적 끝에 진 제국 국경을 넘어가려는 자를 잡을 수 있었고, 그의 품에서 이것이 나왔습니다."

베넨은 장로들을 향해 두루마리를 슬쩍 흔들어 주고는 소로스에게 공손하게 내밀었다. 갑자기 등 뒤에서 장로들의 웅성거림이 커졌다.

"설마…… 금서? 그로울리 사도의 배신이 진실이란 말인가?"

"감히 교단의 정수가 담긴 보물을 외부로 빼돌리다니!"

교주가 있는 곳임에도 소요는 쉽게 가라앉지 않았다. 오히려 전쟁을 주장하며 온건파들을 처단하자는 고함 소리가 터져 나왔다.

'역시 교주님의 지혜는 측량할 수 없구나.'

어젯밤, 베넨은 몰래 교단으로 복귀한 소로스의 전갈을 받고 독대했다. 소로스는 자신의 탄핵으로 쏠려 있는 암흑 교단의 관심을 돌리기 위해서 조작을 지시했다.

그리고 결과는 대성공.

암흑 교단에서 태어나 세상 바깥으로 나가본 적이 없는 순진한 장로들은 예상대로 분개했고, 온건파 동료들을 향해 적의를 드러냈다.

"증거가 확실하고, 사도의 이름을 걸고 책임지겠다고 하는데 교주라고 해서 말릴 순 없지. 잡아들이게."

땅! 땅! 땅!

충격과 공포로 가득한 대전 안에 소로스가 내리치는 나무망치 소리가 울려 퍼졌다.

'그로올리, 미안하네. 하지만 교단의 미래를 위해서 자네가 죽어 줘야겠어.'

소로스는 장로들의 고함 소리를 들으며 흐뭇했다.

자신보다 먼저 사도의 자리에 올라, 사사건건 자신의 앞을 가로막던 그로올리를 처리할 수 있다고 생각하니 속이 후련했다.

*　　*　　*

그로울리는 암흑 교단과 가장 가까운 진 제국에 도착했다. 그는 진 제국의 수도에 있는 암흑 교단 비밀 은거지에서 초조한 표정을 감추지 못하고 있었다.

며칠이 지났는데도 교단의 소식을 알려주던 심복이 돌아오지 않는다.

아카드를 만난 후 진 제국에 도착할 동안, 교단 내에서 그로울리가 우려할 만한 일에 대한 보고를 받지 못했다.

그럼에도 불구하고 자신의 심복이 약속한 날짜에 오지 않았다는 것은 교단에서 큰 변고가 일어났다는 것을 의미했다. 그로울리는 뭔가 불길한 기운을 느끼며 자리에서 벌떡 일어났다.

"소로스 그자가 내가 없는 동안 뭔가를 터트렸다는 건가?"

자신의 심복에게 무슨 일이 터졌으면 다른 온건파의 흑마법사라도 보냈어야 정상이다. 하지만 진 제국에 도착한 지 보름이 지났으나 아무런 소식이 없다.

"뭐지? 교단 내에서 내가 모르는 일이 벌어지고 있는 것인가."

소로스가 교단에 몰래 도착했다는 정보는 접했다. 하지

만 그 이후, 모든 정보들이 차단되었다. 자신에게 정보를 알려야 할 연락책들이 사라지고, 비밀 은신처를 지켜야 할 자들도 보이지 않았다.

그로울리의 머릿속에 불길함이 엄습했다.

확신할 순 없지만 오백 년 동안 살아오며 축적된 예감은 자신의 앞길에 행운보다는 불행을 경고했다.

'소로스. 무슨 일을 벌이는 것이냐.'

그로울리는 소로스를 떠올릴 때마다 인상을 찌푸렸다. 처음 교주의 자리에 올랐을 때와는 완전히 바뀌어 버린 소로스의 행동을 보며 그로울리는 결심했다.

'그의 폭주를 막기 위해서는 이번 기회에 끌어내려야 한다. 그렇지 않으면 암흑 교단 천 년의 숙원은 물거품이 될 것이야.'

처음 교주의 자리에 올랐을 때만 해도 소로스는 현명함과 신중함을 동시에 갖춘 사도였다. 그가 인간 세상에서 이룬 백 년 동안의 성과가 그것을 증명했다.

보부상들을 이용해 4대 상단을 세우고, 은행이라는 기관을 통해 상인들을 통제하는 것을 보며 그로울리는 감탄을 금치 못했다.

소로스를 교주로 지지한 자신의 선택을 한 번도 후회한 적이 없었다.

하지만 최근 1년 사이 소로스는 완전히 변해 버렸다.

노틸러스 제국과 윌슨 왕국에서 일어난 연이은 실패로 지혜와 신중함은 사라지고, 무리수와 과격함으로 똘똘 뭉친 독재자와 다를 바 없었다.

특히 사도들의 만장일치가 있어야만 열어볼 수 있는 금서를 빼앗은 행동은 도저히 용서할 수 없었다. 그로울리는 소로스의 전횡을 막기 위해 자신이 예전부터 눈여겨보았던 아카드와 손을 잡았다.

대가로 금서 두 개를 넘겼지만 큰 걱정은 하지 않았다.

소로스가 탈취한 화약 제조법이 담긴 금서와 달리 아카드가 가져간 금서는 인간들에게 큰 피해를 주거나 혼란을 야기하는 것이 아니다. 오히려 인간들에게 도움을 주는 제조법들이 담긴 금서다.

아카드는 화약으로 전쟁을 일으키려는 소로스의 계략을 사전에 훌륭하게 차단시켰다. 또한 소로스의 거점을 모두 거덜 내 버렸다.

결국 소로스는 모든 것을 잃고 교단으로 복귀했다.

여기까지는 그로울리의 예상대로 흘러갔다. 자신이 교단으로 복귀해 소로스를 교주 자리에서 끌어내리면 끝이다.

하지만 소로스가 몰래 복귀한 이후, 이상한 일들이 벌어졌다.

자신의 빠른 회복을 위한 마나석을 끌어모으기 위해 수백 년 동안 봉인되었던 교단의 문을 멋대로 개방했다. 수백 년 동안 이어진 교단의 암묵적인 절차들이 모두 무시되고 소로스 한 사람의 독단으로 교단이 움직이고 있었다.

"벌써 소로스가 눈치챈 것인가?"

그로울리는 암흑 교단이 대륙에 알려지기 전에 급하게 손을 썼다. 동시에 소로스의 사조직으로 변모하는 것을 막기 위해서 교단 내 자신을 따르는 장로들에게 지시해 교주 탄핵안을 제출했다.

'이제 기다리기만 하면 되는 것인데, 왜 이리 불안한 것인가?'

그로울리는 점점 엄습하는 불안함에 눈을 감았다.

교주의 자리에 소로스를 추천한 사람은 자신이다. 그의 현명함과 신중함, 그리고 수하들을 다루는 능력은 타고났다고 해도 믿을 만큼 발군이었다.

하지만 소로스는 폭군으로 변했고, 그의 원수인 아카드와 손을 잡아야 하는 상황에까지 이르렀다.

"소로스. 도대체 어디까지 갈 생각인 것이냐."

악마의 현신이라고 불러도 좋을 만큼 음흉하고 뱀같이 변해 버린 소로스의 얼굴을 떠올리자 그로울리의 가슴에 불안감이 스멀스멀 피어올랐다.

그 불안감이 극에 달할 때쯤, 자신이 알고 있는 흑마법사 하나가 얼굴을 가리고 그로울리가 있는 은거지에 스며들었다.

"스승이시여. 늦어서 죄송합니다."

흑마법사는 들어오자마자 얼굴을 가리던 복면을 벗고 그로울리 앞에 무릎을 꿇었다. 복면을 벗은 자는 의외로 젊은 흑마법사다.

그로울리는 젊은 흑마법사를 물끄러미 바라보다가 고개를 끄덕였다.

"교단 내 무슨 일이라도 터진 것인가?"

그로울리의 말이 떨어지기가 무섭게 젊은 흑마법사는 애통한 표정으로 눈물을 흘렸다.

"온건파 흑마법사들 대부분이 죽거나 감금되었습니다."

그로울리는 벼락이 강타하는 충격에 몸이 흔들렸다.

"무어라? 도대체 무슨 죄목으로!"

젊은 흑마법사는 울먹이는 목소리로 보고를 계속했다.

"소로스와 급진파 놈들이 스승님을 반역자라고 선포했습니다. 이에 참지 못한 동료들이 교단 본성으로 따지러 갔지만 급진파 흑마법사들과 암흑 기사들에게 몰살당했습니다. 나머지 동료들도 모두 구금되었습니다."

"소로스 이자가 진정 교단을 말아먹으려고 작정을 했구

나."

"스승님께서도 어서 몸을 피하십시오. 교단 감찰부 기사들이 스승님을 잡기 위해 혈안이 되어 있습니다."

그로울리는 젊은 흑마법사의 보고를 듣자마자 양손을 떨었다. 속에서 뭔가가 부글부글 끓어오르는 것 같았다.

이럴 수는 없었다.

암흑 교단에서 사도라는 위치는 누구도 침범하지 않는다는 것이 암묵적인 원칙이었다. 견제와 균형을 통한 교단의 발전을 위해 암흑 교단이 생겨날 때부터 사도의 독립적인 지위를 보장해 왔다.

하지만 소로스의 지시를 받은 급진파가 일을 낸 것 같다. 역대 교주들이 지켜왔던 절대 원칙을 깨면서까지 인간들과 전쟁을 벌이려 한다.

"금서들은? 금서를 지키는 파수꾼들은 어찌 되었느냐? 그들도 구금되었나?"

그로울리가 다급하게 흑마법사의 어깨를 부여잡고 다그쳤다. 금서는 인간을 가축처럼 사육하고 흑마법사의 세상을 만들겠다는 소로스의 폭주를 막을 수 있는 최후의 카드다.

"다행히 대부분의 파수꾼들은 금서를 가지고 교단을 탈출했습니다. 모두 진 제국을 빠져나가 남쪽으로 향하고 있는 중입니다. 하지만…….”

“하지만?”

그로울리의 말에 젊은 흑마법사는 면목이 없다는 표정으로 고개를 조아리며 보고했다.

“금서 파수꾼 하나가 탈출하는 도중 암흑 기사에게 잡혔습니다. 뒤늦게 구하러 갔지만 손쓸 수가 없었습니다. 송구합니다.”

“그게 대체 무슨 소리냐? 목숨을 던져서라도 구했어야지!”

흑마법사의 보고에 그로울리의 눈이 찢어질 정도로 커졌다.

“도대체 어떤 금서 파수꾼이 잡힌 것이냐.”

“그것이…….”

젊은 흑마법사가 작은 목소리로 중얼거렸다.

그로울리는 암흑 기사들에게 잡힌 금서 파수꾼의 정체를 확인하는 순간 경악했다. 호리호리한 그의 몸이 힘을 잃고 바닥에 털썩 주저앉았다.

“누가 주도적으로 벌인 일이냐?”

“내부 정보원의 말을 빌리면 이 모든 일은 베넨 사도의 주도로 일어난 일이라고 합니다.”

“금서를 지키는 파수꾼의 위치와 정체는 비밀인데 그들

이 어떻게 알아챘단 말이냐?"

그로울리의 어조가 점점 격해졌다. 웬만해서는 감정을
잘 드러내지 않는 그였지만 지금은 어쩔 수 없었다. 하필
최악의 금서가 소로스의 손에 들어갔다.

금서를 손에 넣은 소로스는 곧바로 전쟁 준비를 할 것이
다. 정확하게 말하면 인류를 학살하기 위한 마지막 퍼즐이
소로스와 전쟁을 주장하는 급진파의 손에 들어간 셈이다.

"우리 쪽에 스파이가 있었나 보구나. 그렇지 않고서야
그들이 어떻게 금서 파수꾼들의 위치를 알아낼 수 있단 말
인가."

젊은 흑마법사는 침묵을 지키며 가만히 서 있었다. 일단
보고를 했으니 판단은 사도이자 스승인 그로울리가 내려줄
것이라고 생각한 듯했다.

"교단 내부 상황에 대해 좀 알아야겠어."

"아는 대로 말씀드리겠습니다."

그로울리가 부축을 받아 침대에 앉자마자 입을 열었다.

이미 벌어진 상황에 대처하기 위해서는 좀 더 정확한 정
보가 필요하다. 그래야 교단 내에서 일어나는 전쟁의 바람
을 조금이라도 늦출 수 있다.

"우리 쪽 사람들은 지금 뭘 하고 있느냐?"

"우리의 힘이라고 할 수 있는 소환계 흑마법사들 대부분

이 교주에게 따지러 갔다가 죽었고, 장로님들은 자택에 감금된 상태입니다."

"공학자들과 박사들은? 그들도 감금된 것인가?"

"그들은⋯⋯."

젊은 흑마법사는 그로울리의 눈치를 한번 살피더니 고개를 푹 숙였다.

"스승님과 한 패라는 누명을 쓰고 취조실에 갇혀 있습니다."

"무어라? 그들이 무슨 죄가 있다고!"

그로울리의 몸에서 흑마력이 뿜어져 나왔다.

"스승님. 제발⋯⋯."

옆에 있던 젊은 흑마법사는 신음 소리조차 낼 수 없었다. 몸의 살점이 뜯겨 나갈 것만 같은 고통이 엄습했다.

고통이 극에 달해 흑마법사의 목숨이 간당간당할 때쯤, 거짓말처럼 은신처를 가득 채우던 흑마력이 사라졌다.

"내가 실수를 했구나. 힘으로 맞서야 했는데, 얄팍한 계책으로 소로스의 계책을 막으려 했으니."

그로울리는 몸을 벌벌 떠는 흑마법사를 향해 다가갔다.

"너에게 맡길 중요한 임무가 있다."

"명령만 내려 주십시오."

그로울리가 안타까운 표정으로 제자의 머리를 쓰다듬었

다. 그러자 젊은 흑마법사도 조금 진정이 되었는지 고개를 슬그머니 내밀었다.

"너는 지금 곧바로 진 제국을 빠져나가 아카드 폰 메디아 백작을 찾아라. 금서 파수꾼들과 동료들의 목숨을 그에게 의탁하며 때를 기다려라. 그와 헤어진 곳이 윌슨 왕국이니 지금부터 추적하면 흔적을 찾을 수 있을 것이다."

"스승님은요?"

"난 교단에서 해야 할 일이 있다."

"안 됩니다. 사방에서 스승님을 잡아가기 위해 눈에 불을 켜고 있는데. 위험합니다. 저도 따라 가겠습니다."

그로울리는 제자의 말에 고개를 흔들었다.

"네놈은 흑마법사라기보다 학자에 가까운 놈이 아니더냐. 네놈이 따라가 봤자 짐만 될 뿐이다. 차라리 아카드 백작을 도와라. 그것이 이 스승을 돕는 길이다."

젊은 흑마법사는 그로울리의 제자 중 유일하게 흑마법에 재능이 없는 제자다. 하지만 학자로서의 재능은 놀라울 정도였다.

오랫동안 풀 수 없었던 드래곤 언어 해독을 비롯해 고고학에 대해서는 천재적인 재능을 지니고 있었다. 흑마법의 힘을 우선시하는 교단 내에서는 무시를 받는 처지지만, 교단을 벗어나면 눈치도 빠르고 쓸모가 많은 유능한 제자다.

그로울리 자신의 목숨도 보장하지 못하는 상황에 제자까지 잃을 순 없었다.

"아무리 스승님의 말씀이라도 절대 듣지 않겠습니다. 제자는……."

그로울리의 눈이 새까맣게 변했다. 눈동자뿐만 아니라 몸에서도 다시금 흑마력이 살기를 품고 쏟아지기 시작했다.

젊은 흑마법사는 본능적으로 몸을 웅크렸다. 방금 전 사라진 줄 알았던, 자신이 받아낼 엄두조차 나지 않는 강력한 스승의 기세에 부들부들 떨고 있었다.

"돌아가라. 내가 찾을 때까지 아카드 백작을 도와라. 그것이 이 스승을 도울 수 있는 유일한 길이니……."

그로울리는 말이 떨어지기 무섭게 몸이 흐릿해졌다.

"스승님!"

젊은 흑마법사는 자신의 스승을 애타게 부르짖었다.

하지만 스승의 모습은 어디에서도 찾아볼 수 없었다.

Chapter 2.

산적이 되어 버린 해적

아스테리아 대륙의 척추라 불리는 유로스 산맥.

이곳은 강력한 군사력을 가진 진 제국의 침략에도 끝까지 지켜냈던 최후의 방어선이자 윌슨 왕국의 역사가 시작된 곳이다.

그러나 얼마 전부터 이곳은 성지 대신 다른 말로 불리고 있었다.

시민들에게는 의적의 도시.

영주들에게는 산적 소굴.

정확히 언제부터인지는 모르겠지만, 불쑥 나타난 산적들에 의해 유로스 산맥의 요충지들이 하나둘씩 넘어갔다. 진 제국의 침략에도 지켜 냈던 월슨 왕국의 성지는 몇 달 사이에 완전히 산적의 땅이 되었다.

유로스 산맥에 인접한 세 명의 영주들이 산적에게 왕국의 성지를 빼앗겼다는 사실에 분개하여 토벌대를 구성했다. 그들은 군사 이천 명을 모아 기세등등하게 유로스 산맥으로 들어갔다.

하지만 결과는 패배.

출전이라는 말이 무색할 정도로 토벌군들은 산적들에게 손톱만 한 피해도 주지 못하고 도망쳤다.

귀신같은 게릴라 전술과 일당백의 무력 앞에 사망자가 속출했다. 산속에서 제대로 된 전투 한번 벌이지 못하고 잃어버린 병사가 천 명에 달했다.

토벌군이라는 말이 무색할 정도로 초라한 졸전이었다.

제국의 기사단을 연상케 하는 일사불란한 움직임과 압도적인 산적 개개인의 무력 앞에 영주들은 혼이 나가 버렸다. 병사들을 지휘해야 할 영주들은 제일 먼저 도망쳐 버렸다.

하지만 영주들이 되돌아갈 유로스 산맥 초입에는 한 무리의 산적이 기다리고 있었다.

영주들이 반드시 목을 베겠다고 큰소리를 친 산적들의 두목, 칼빈이었다.

호위대 몇몇을 대동하고 산맥을 빠져나가려던 영주 일행

은 목을 까딱거리며 기다리고 있던 칼빈과 전직 해적들에게 반항 한 번 하지 못하고 잡혀 버렸다.

보름 동안 산속에 갇혀 있던 영주들은 매달 상납금을 지불한다는 각서를 쓰고서야 풀려날 수 있었다.

영주 입장에서는 치욕적인 일이 아닐 수 없었다.

상납금을 지불하고 산적들의 손에서 풀려난 영주들은 영지에 도착하자마자 연락 수정구를 통해 본국인 윌슨 왕국에 상황을 보고하고 도움을 요청했다.

하지만 웬걸.

그루먼 상단의 파산과 대륙은행의 위기로 부도 위기에 처한 윌슨 왕국이 지원해 줄 수 있는 건 아무것도 없었다. 돈이 말라 버려 정규군의 월급조차 줄 수 없는 왕국의 사정으로는 원정을 보낸다는 것은 꿈도 꿀 수 없었다.

칼빈 산적단은 왕국의 지원만 믿고 상납금을 거부한 영지 하나를 초토화시켜 버렸다. 영주의 목을 베고 영지 하나를 너무도 손쉽게 삼켜 버린 것이다.

본국의 지원을 믿고 차일피일 상납금을 미루던 영주들은 어쩔 수 없이 칼빈 산적들에게 상납금을 바쳤다. 영지 하나가 박살 나는 현장을 목격한 영주들은 생존을 위해 왕국에 보낼 세금을 산적들에게 납부했다.

건국 최대의 위기를 맞이한 윌슨 왕국은 자신들의 시조

가 묻힌 성지마저 산적들에게 빼앗길 정도로 몰락했다.

급한 대로 산적들의 목에 현상금을 걸었지만 아무도 가려 하지 않았다. 오히려 유로스 산맥이 살기 좋다는 소문 때문인지 윌슨 왕국 백성들의 행렬만이 이어졌다.

*   *   *

늦가을의 차가운 바람이 유로스 산맥 전체를 휘감고 있었다. 산속이다 보니 겨울바람처럼 차갑고 매서웠다.

산적의 왕국이라고 불리는 유로스 산맥 입구를 향해 마차 한 대가 달려오고 있었다. 입구 쪽에 산적 무리들이 날카로운 창칼로 무장했음에도 불구하고 마차의 속도는 전혀 줄어들지 않았다.

산적들을 발견한 마부는 인상을 찌푸리며 소리 쳤다.

"아가씨. 입구에 모건 가문의 가신들이 마중 나와 있습니다. 날씨가 쌀쌀하니 나오지 마십시오. 그대로 통과하겠습니다."

영애를 경호하라는 임무를 맡은 클라우스 공작가 부기사단장 안틸레온이 투덜거리는 소리가 온 사방에 퍼졌다. 밥값이라도 하라는 아카드의 협박에 울며 겨자 먹기로 고삐를 손에 쥘 수밖에 없었다.

"저…… 망할 새끼가!"

40대의 날카로운 눈매에 얼굴에 상처가 가득한 사내가 벌컥 화를 내며 앞으로 나섰다. 만약 옆에 있는 거구의 오크가 말리지 않았다면 당장이라도 마부를 향해 칼부림이라도 났을 분위기다.

그때였다.

"쯧쯧!"

마차의 문이 열리면서 아카드가 혀를 차며 마차에서 내렸다.

"대장. 저 자식이……?"

아카드를 발견한 칼빈이 씩씩거리며 다가왔다. 얼굴을 보아하니 '저 자식과 한판 붙게 해 주쇼!' 라는 표정이다.

하지만 아카드의 부축을 받으며 마차에서 내리는 에레나의 음성을 듣자마자 불평이 쏙 들어갔다.

"아저씨. 추운 날씨에 마중 나오신 분들께 그러면 실례지요."

에레나는 안틸레온을 가볍게 나무라고는 칼빈을 향해 다가왔다.

붉으락푸르락한 얼굴로 다가왔던 칼빈은 에레나에게 깊이 고개를 숙였다. 가문의 안주인이 될지도 모르는 클라우스가의 영애에게 나쁜 인상을 보여 봤자 득이 될 건 하나도 없기에 예를 갖췄다.

"칼빈 님이시죠? 가문에 없어서는 안 될 인재라고 들었어요. 여기까지 나오느라 힘드셨죠? 에레나라고 해요."

방금 전까지 머리끝까지 화가 났던 칼빈의 표정이 요상하게 변했다. 에레나를 보자마자 어쩔 줄 몰라 하는 모습이다.

칼빈이 알고 있는 귀족은 거만하고 자신보다 못한 자들을 우습게 아는 나쁜 놈이었다.

하지만 제국 최고 가문의 영애이자 제국 최고의 미녀로 꼽히는 에레나가 상냥하고 겸손하게 다가오자 당황한 기색이 역력하다.

칼빈이 우물쭈물하는 사이 뒤에서 낯익은 중년인이 앞으로 나왔다.

"장시간 여행하시느라 고생이 많으셨습니다. 모건 가문의 총관이자 치료사를 맡고 있는 마리아드라고 합니다."

"나로 말할 것 같으면 아카드 도련님이 가장 믿고 아끼시는 가신이자 가문의 안전을 책임지고 있는 듀랄이라고 합니……."

오크 전사 듀랄이 가슴을 주먹으로 치며 멋지게 자기소개를 하려고 할 때, 갑자기 마리아드가 끼어들었다.

"아가씨, 이 멍청한 오크놈 말은 들을 필요가 없습니다.

날도 추우신데 안으로 들어가시지요."

훗날 가문의 안주인이 될 에레나에게 좋은 첫인상을 남기기 위해 마리아드와 듀랄이 서로를 밀쳐내며 자신을 소개했다.

에레나는 서로 눈에 띄기 위해 다투는 두 가신을 보며 입을 가리고 웃었다. 그러고는 다투고 있는 두 사람에게 다가가 상냥하게 말했다.

"아, 이분이 가문의 기둥이라는 마리아드 경이시군요. 아카드에게 많은 이야기를 들었어요. 뛰어난 마법과 의술 실력으로 가문의 살림을 책임지는 분이라고요."

"하하하, 도련님은 사람 무안하게. 사실 전혀 틀린 말은 아니지요."

마리아드가 화기애애한 표정으로 대답했다.

"그대가 가문에서 가장 용맹하다는 듀랄 님이시군요."

에레나는 갑자기 듀랄에게 다가가 기둥처럼 두꺼운 그의 팔을 잡았다. 그녀는 2미터 거구의 오크 전사 앞에서도 전혀 무서워하지 않는 기색이다. 오히려 걱정이 가득 담긴 얼굴로 듀랄을 쳐다보았다.

"저희 오라버니로 인해 힘든 고문을 당했다는 이야기를 들었어요. 상처는 나으셨나요?"

"오크 전사에게 그깟 상처는 아무것도 아니우. 그 정도는 끄떡없지."

듀랄이 날카로운 어금니를 드러내며 자신의 가슴을 두들겼다.

"정말 죄송해요. 제가 대신 사과드릴게요. 꺄아악!"

듀랄은 오빠의 잘못을 용서해 달라는 에레나를 번쩍 들었다. 그러고는 아카드에게 어렸을 때 해 준 것처럼 그녀의 몸을 자신의 어깨에 올렸다.

"여기서부터 산채까지는 걸어가야 하는데, 걸어가기에는 너무 머니 내 어깨에 타고 가슈. 금방 갈 수 있습니다."

듀랄의 행동에 모든 사람들이 웃음을 터트렸다.

에레나의 진심 어린 행동과 상냥함에 듀랄은 과거 정보부에서 고문당한 상처를 잊고 그녀를 받아들였다. 듀랄이 이 정도니 다른 사람들도 더 말할 나위 없었다.

에레나를 바라보는 사람들의 시선은 따스했다. 그들 누구에게서도 악명 높은 산적의 모습은 찾아볼 수 없었다.

대부분 예쁜 딸자식을 바라보는 아빠의 얼굴이다.

단 두 사람.

클라우스 가문의 부기사단장 안틸레온과 산적 두목 칼빈만이 서로를 노려보며 으르렁거리고 있었다.

*　　　*　　　*

곧 도착한다는 전갈을 받자마자 가신들이 산채 입구에 모여 대기하고 있었다.

메디아가의 가신뿐만 아니라 영주의 독재를 견디지 못해 도망친 화전민들도 삼삼오오 모여 이야기꽃을 피우고 있었다.

장차 자신들을 이끌 안주인이 제국 최고 가문의 영애라는 소식은 화전민들에게 상당한 안정감을 주는 모양이다.

마침내 아카드와 에레나를 배웅하러 갔던 일행의 모습이 보이기 시작했다.

"와. 드디어 오신다!"

"우와. 도대체 사람이야? 천사야?"

화전민들은 에레나를 보자마자 크게 소리쳤다.

언제 토벌군이 잡으러 올지 몰라 불안감에 시달리는 이들에게 제국 최고 명문가의 영애가 안주인이라는 소식은 큰 희소식이었다.

사람들이 하나둘씩 도착했고, 마지막으로 에레나를 어깨에 태운 듀랄이 도착했다.

"도련님, 오시느라 고생 많으셨습니다. 윌슨 왕국에서의 활약이 대단하셨다고 들었습니다."

가신들을 대표해 블라디우스가 환영 인사를 했다.

"그런데 이분은?"

"클라우스 가문의 기사단장 안틸레온이라고 합니다. 아가씨의 호위를 맡고 있습니다."

"귀한 분이 오셨군요. 메디아 가문의 총집사 블라디우스라고 합니다."

둘의 통성명이 끝나고 에레나가 듀랄의 어깨에서 내려왔다.

"우와."

듀랄의 부축을 받으며 어깨에서 내려오는 에레나의 모습에 사내들이 환호했다. 미모가 절정에 오른 그녀의 가련한 모습은 사내들의 보호본능을 일으키기 충분했다.

낯선 곳에 도착한 에레나는 눈을 좋긋 뜨며 주변을 살펴보았다. 너무도 귀여운 그녀의 모습은 수줍은 하얀 장미를 연상시켰다.

"도련님을 따라다니느라 쉽지 않았을 텐데 고생이 많으셨습니다. 메디아 가문의 총집사 블라디우스가 정식으로 인사드리겠습니다."

에레나와 블라디우스는 구면이다.

블라디우스는 당시에 남장을 한 에레나를 한눈에 알아보았다. 하지만 그녀가 자신을 드러내는 것을 원치 않아 보였기에 지금까지 사실을 숨겨 주었다.

에레나는 블라디우스의 남모를 배려에 감사라도 하듯 환하게 웃으며 그의 손을 잡고 흔들었다.

"총집사님. 앞으로도 잘 부탁드려요."

"제가 도리어 우리 도련님을 부탁드려야 할 것 같은데요?"

한쪽 눈을 감고 윙크하며 에레나와 악수를 한 블라디우스는 그녀를 가장 큰 건물로 안내했다.

에레나가 자신의 짐을 푸는 동안 아카드는 다른 사람들을 다 물리고 4대 가신들을 불러들였다.

총집사 블라디우스, 듀랄 기사장, 마리아드 총관과 대륙의 블랙마켓을 움직이는 크레그가 모두 한자리에 모였다.

아카드는 그들 앞에 두루마리 하나를 던졌다.

"도련님. 이게 뭡니까?"

해적 시절부터 돈 될 만한 물건을 기가 막히게 찾는 것으로 유명한 크레그가 냉큼 두루마리를 향해 손을 뻗었다. 그가 살펴보니 근래에 작성된 듯한 새 두루마리였다.

"소로스가 가지고 있던 화약 제조법."

"화약이요?"

대륙의 정보를 손에 쥐고 있는 블랙마켓의 주인 크레그조차 처음 들어보는 단어에 고개를 갸웃했다.

"이것만 만들 수 있으면 아무리 튼튼한 성이라도 한 방에 무너뜨릴 수 있어. 마법사 한 부대의 위력을 낼 수 있는 무시무시한 물건이지."

크레그는 손에서 두루마리를 떨어뜨렸고, 가신들은 입을 딱 벌렸다. 그들은 이 두루마리로 인해 야기될 위험성 때문인지 아무 말도 못 하고 있었다.

"도련님. 가주님도 깨어나지 못한 상황에서 이런 물건이 저희 손에 있다는 것이 암흑 교단이라는 단체에 알려지기라도 한다면……."

"유일하게 화약을 제조할 수 있는 자도 죽은 데다가, 원본도 주인에게 돌려줬으니 아무도 모를 거야."

"그럼 이건 어떻게?"

아카드는 검지로 자신의 머리를 두들기며 대답했다.

"외웠지. 내 암기 능력에 대해서는 자네들이 더 잘 알고 있잖아."

아카드는 화약 광산을 파괴하고 내려가는 길목에서 그로울리를 만났다. 혹시나 아카드가 딴 맘을 먹을까 의심했는지 미리 기다리고 있었다.

하지만 순순히 금서를 내놓는 아카드의 모습에 그로울리는 의심을 풀었다.

의심한 것에 대한 미안함 때문일까?

그로울리는 아카드가 그토록 찾았던 귀중한 정보를 알려

주었다.

어머니를 죽인 원수.

자신도 정확하게 알지 못하는 어머니에 대한 정보와 어머니를 죽인 검은 갑옷을 입은 기사들의 정체까지 알려주었다.

원수의 정체는 소로스와 암흑 교단의 교주 친위대.

진 제국에서 가장 뛰어난 신녀였던 지수란은 암흑 교단에 의해 위험 인물로 낙인찍혀 교주 친위대에 의해 암살당했다.

처음에는 화약의 위험성을 알고 영원히 묻어 두려고 했다. 하지만 원수의 정체와 암흑 교단의 숨겨진 힘을 알아낸 이상 이대로 멈출 순 없었다.

아카드는 가신들을 향해 복수의 첫 걸음을 내디뎠다.

"지원은 얼마든지 해 주지. 앞으로 모든 일을 제쳐 두고 수단과 방법을 가리지 말고 화약이라는 것을 만들어 내."

*   *   *

"이 새끼들 똑바로 못해? 이래서 개미 한 마리 잡을 수 있겠어?"

유로스 산맥 한가운데 뻥 뚫린 공터.

산적으로 정체를 숨긴 메디아 가문의 가신들이 피를 토하며 훈련 중이었다.

제국의 기사들도 혀를 내밀 정도로 극악한 훈련량에 젊은 가신들은 이대로 쓰러지고 싶었다. 하지만 산꼭대기에서 자신들을 내려다보는 한 사내의 악마 같은 눈빛에 그들은 죽을힘을 다해 뛰어갔다.

180cm가 넘는 단단한 체구와 낙서한 것처럼 흉터가 어지럽게 그려져 있는 인상. 가문의 기사장 듀랄을 능가하는 악랄함을 가진 사내는 올라오는 가신들을 보며 흐뭇하게 웃었다.

정상에서 내려다보는 사내의 정체는 칼빈.

유로스 산맥 주변 영지를 제집처럼 드나들며 영주의 목을 따 버리고, 화전민들에게 왕처럼 추앙받는 산적 두목이다.

하지만 오늘따라 이런 수식어와는 어울리지 않게 칼빈의 얼굴에는 불만이 가득했다.

평생 모셔야 할 상전 아카드 때문이다.

아카드가 산채에 오자마자 자신을 배제하고 4대 가신들만 불러 모아 무언가를 의논하는 모습에 심기가 매우 불편했다. 지금까지 궂은일은 다 맡아 했는데 오자마자 자신만 쏙 빼놓고 이야기하는 모습에 소외감이 들었다.

정당한 노력에 대한 대가를 받지 못한 기분이었다.

"기분 참 더럽네."

"뭐라고 중얼거리냐."

언제 나타났는지 칼빈 뒤에서 아카드가 모습을 드러냈다.

"아무것도 아니오."

"사내새끼가 삐지기는."

"삐진 게 아니고. 참, 나!"

칼빈은 인상을 찌푸리며 자리에서 일어났다.

"어디 가냐?"

바쁜 걸음을 옮기던 칼빈이 멈춰 서서 아카드를 바라보며 뚱한 얼굴로 대답했다.

"화전민 마을에 들렀다가, 요 밑 영지 한 바퀴 돌면서 수금하러 가야 합니다."

"영주들한테 삥 뜯으러 가냐?"

속을 살살 긁는 아카드의 말에 가뜩이나 사나운 칼빈의 인상이 팍 구겨졌다.

"제국의 백작이라는 분이 삥이 뭡니까? 정당한 세금 받으러 갑니다. 내려가다가 확인할 것도 있고."

현재 메디아가 가신들의 주 수입원은 영주들의 상납금과 아카드가 보내는 지원금이었다. 사실 아카드의 무제한적인 지원에 비해 영주들의 상납금은 새 발의 피였다.

하지만 주변 영주들에게 경각심을 주고 그들의 영지에 상주하는 상단들에게 생필품을 구입하기 위해 한 달에 한 번 칼빈은 그들의 영지를 방문했다.

"그게 그거지. 확인할 건 뭐야?"

마음 같아서는 무시하고 내려가고 싶지만 칼빈은 그럴 수 없었다. 아카드가 자신과 가족들을 받아주는 조건으로 충성을 맹세했다.

아니꼬워도 상전이기에 칼빈은 걸음을 멈추고 말했다.

"요즘 우리 산채로 사람들이 몰려오고 있는데, 첩자는 아닌지 확인이 필요해서요. 대장한테 원한 가진 자가 산채에 잠입해 불이라도 지르면 큰일이지 않습니까?"

"뭐가 불만이야? 꽁하게 담아 두지 말고 말해."

삐딱하게 날이 서 있는 칼빈의 태도에 아카드가 피식 웃었다.

"그런 거 없수다."

"있는 거 같은데?"

마치 다 알고 있다는 듯이 쳐다보는 아카드의 모습에 칼빈은 불만을 터트렸다.

"제가 이런 말은 안 하려고 했는데. 그동안 얼마나 개고생 했는지 아십니까? 여기에 산채도 만들고 쳐들어가서 산적 노릇도 하고. 대장이 시키는 일은 다 했는데 이게 뭡니까?"

칼빈의 입에서 그동안 마음에 담아 두었던 섭섭함이 터져 나왔다.

"토마스 자식은 폼 나게 은행장도 되고, 다른 사람들도 자리 잡고 있는데 저만 산적 노릇 시키고. 혹시 쓰고 버릴 생각이라면 미리 말해 주쇼. 가족들 데리고 떠날랍니다."

"그래서 은행장 시켜 줘?"

아카드는 피식 웃으며 칼빈을 쳐다보았다.

"그건 아니고."

"4대 상단 하나 떼어 줘?"

"숫자는 제가 좀 약해서."

칼빈의 목소리가 기어들어 갔다.

다른 사람의 자리가 부럽기는 한데, 자신이 맡을 자신은 없었다. 머리보다 몸 쓰는 일에 자신 있는 그로서는 은행장과 상단주 같은 일은 적성에 맞지 않았다.

"이것도 싫고 저것도 싫으면, 도대체 원하는 게 뭐야?"

"나도 폼 나는 자리 하나 만들어 주쇼. 대신 머리 안 써도 되는 걸로……."

"하는 거 봐서."

아카드는 칼빈의 어깨를 두들기며 일어났다.

사실 말은 하지 않았지만 음지에서 묵묵히 참아 준 칼빈에게 매번 고마웠다. 모든 일이 끝나면 그에게 딱 맞는 자리를 만들어 줄 생각이었다.

"암흑 교단만 끝장내면 폼 나는 자리 하나 만들어 주지."

"정말이오! 어떤 자리 줄 거요?"

칼빈이 벌떡 일어났다. 폼 나는 자리를 준다는 말에 불만은 눈 녹듯이 사라졌다.

"대륙의 유통망을 주지."

"유통망? 그게 뭐요?"

어려운 용어 탓인지 칼빈은 머리를 긁적이며 물었다. 하지만 그의 얼굴에는 기대가 가득하다.

"물건 배달."

"그건 폼이 안 나는데."

칼빈의 얼굴에 실망한 표정이 역력하다.

상단의 심부름꾼이나 하는 일을 준다는 말에 기분이 팍 상한 표정이다.

"왜, 싫어?"

"그건 폼이 안 나잖수! 그런 일은 상단의 따까리들만 하는 건데."

"앞으로 모든 상단의 물건들이 네 말 한 마디에 좌지우지되는 일인데도?"

"진짜요? 진짜 내 말 한 마디에 물건을 좌지우지할 수 있다는 거요?"

"싫으면 말고. 딴 놈 주지, 뭐."

"들어 보니 딱 나한테 맞는 일이구만. 절대 무르기 없는 거요."

칼빈은 금방 안색을 바꾸며 억지로 크게 웃었다. 혹시나 아카드가 말을 바꿀까 봐 두 손을 모으며 화제를 딴 곳으로 돌렸다.

"모건 백작님께는 가 보셨소?"

"안 그래도 얼음굴에서 나오는 길이야."

노틸러스 제국을 떠난 메디아 가신들이 유로스 산맥에 자리 잡은 이유는 바로 얼음굴 때문이다.

모건 백작 몸에 침투한 지독한 검은 마력의 움직임을 멈추게 하기 위해서는 신체를 얼려야 한다. 마리아드 총관이 곁에 있다고는 하나, 무한정 얼음 마법을 주입할 수는 없는 노릇이다.

그래서 찾은 곳이 이곳이다.

유로스 산맥에 특이하게 얼음이 생성되는 동굴이 있다는 정보를 알고 있던 총집사 블라디우스의 제안으로 가신들은 이곳으로 넘어왔다.

"제국을 떠났을 때와 전혀 달라진 것이 없더군."

"얼른 치료법을 찾아서 일어나셔야 할 텐데."

칼빈의 표정이 어두워졌다.

"가자."

아카드는 그의 어깨를 두들기며 자리에서 일어났다.

"대장도 같이 가시게요?"

"할 일도 없고 심심하기도 하고."

"겁나게 예쁜 여자 친구랑 데이트라도 하시죠?"

"그분 벌써 화전민 마을에 가 계신다."

"아, 예."

아카드가 멀뚱하게 딴청 부리며 산책하듯이 걸어가자 칼빈은 한숨을 푹 쉬며 걸음을 옮겼다.

"결국 애인 만나러 가시는 거구만……."

*　　　*　　　*

수많은 사람들이 화전민 마을 입구에 길게 늘어서 있었다. 차마 보기 민망할 정도로 바싹 마른 사람들도 보이고, 남자 여자 할 것 없이 어린아이까지 유로스 산맥에 자리 잡고 싶어 찾아 왔다.

제일 앞에서는 몇 명의 사내들이 탁자에 앉아 상담하고 있었다. 상담을 끝낼 때마다, 서류에 뭔가를 표시하며 분류

작업을 하고 있었다.

"일단 당신은 신분이 확인될 때까지 저쪽으로 가시오. 임시 숙소에서 머무는 동안 당신이 할 일을 알려줄 것이오."

"아이고, 나리. 감사합니다. 감사합니다요."

가족들을 이끌고 영지에서 탈출한 중년 남자는 나무패를 붙잡고 굽실거리며 사내가 가리킨 방향으로 걸음을 옮겼다. 중년인의 가족으로 보이는 여인과 아이들이 그 뒤를 졸졸 따라갔다.

중년인이 사라지자 그 뒤에 서 있던 여인이 아이의 손을 잡고 탁자로 다가갔다. 여기까지 오느라 얼마나 고생했는지 아이를 꼭 잡은 손목이 마른 가지처럼 바싹 말랐다.

손을 꼭 잡은 아이도 똘망똘망한 눈망울로 심사하는 사내와 엄마를 번갈아 보고 있었다. 그 모습이 측은했는지 사내는 아이를 향해 육포 하나를 건네고는 엄마를 향해 질문을 던졌다.

"어디 출신이오?"

"저희는…… 진 제국 위에 있는 카멜 영지에서 왔습니다."

"카멜 영지요?"

사내의 말에 여인은 불안한 눈동자로 고개를 끄덕였다.

여기서도 쫓겨나면 더 이상 갈 곳이 없다는 불안감 때문인지 아이의 손을 꼭 잡았다.

"야. 지도 가져와 봐."

처음 들어보는 지명이었는지 사내는 수하가 전해 준 종이를 펼쳤다. 넓게 펼쳐진 종이에는 아스테리아 대륙 전체가 자세히 그려져 있었다.

노틸러스 제국도 가지고 있지 못하는 귀한 지도를 산적으로 알려진 자들이 소유하게 된 것은 최근의 일이었다. 메디아 가문의 네 기둥이라고 유명한 원로분들이 데려온 듀퐁이라는 사내를 통해 그들은 지도라는 귀한 보물을 갖게 되었다.

한참 동안 지도를 살펴보던 사내가 놀란 표정으로 여인에게 물었다.

"진짜 카멜 영지에서 여기까지 왔단 말이오?"

"……네."

여인은 기어 들어가는 목소리로 중얼거렸다.

"무슨 일이야? 문제라도 있어?"

"믿어지지 않아서 말이지."

그 말에 사람들을 통제하던 사내들이 모여들었다.

"배를 타고 가도 한 달은 족히 걸릴 만한 거리인데요?"

"진짜야?"

지도를 보고 있던 사내의 손이 북쪽 끝을 가리켰다. 여인의 말이 사실이라면 대륙 최북단에서 중부 지역까지 아이와 단둘이 왔다는 것이 된다.

　"아이와 당신뿐이오?"

　"저 뒤의 시어머니와 함께 왔습니다."

　"대단하군……."

　사내는 말끝을 흐리며 고개를 끄덕였다.

　최근 들어 종종 일어나는 일이다.

　암흑 교단을 찾아드는 사람들이 늘면서 북쪽에서 이곳까지 도망쳐 온 사람들이 종종 보이기 시작했다. 마나석을 바치고 힘을 가진 사람들이 생겨나면서 진 제국을 제외한 북쪽 나라들은 무정부 상태가 되었다.

　주체할 수 없는 힘을 얻은 자들이 등장하면서 북쪽의 나라들은 군사로 통제할 수 없는 상황에 이르렀다. 그러다 보니 소문을 듣고 마지막이라는 심정으로 유로스 산맥까지 오는 사람들이 늘어갔다.

　사내는 추가적으로 몇 가지 질문을 던지고는 안타까운 눈빛으로 나무패를 여인에게 주었다. 목패를 받고 오열하는 여인을 본 사내는 그녀를 달랜 후, 다음 사람을 불러 들였다.

　"다음 사람 오시오!"

여인 뒤에 서 있는 사람은 나이가 지긋한 노인이었다.

노인의 행색을 살펴본 사내가 수상한 표정을 지었다. 앞에 통과한 사람들과는 분위기가 너무 달랐다.

고급스러운 외투와 털 신발을 신고 있었고, 마치 현자처럼 보이는 분위기는 화전민으로 정착하기 위해 왔다고는 보기 힘들었다.

"무슨 일로 이곳에 왔소?"

앞의 사람들과 너무도 다른 노인의 모습에 사내의 질문도 달라졌다. 목소리 톤도 전과는 달리 추궁하는 말투다.

"네놈들 대장을 만나러 왔지."

"혹시 노망들었소?"

"이놈들이 감히!"

사내의 말에 노인이 발끈했다.

보통의 사람이라면 자신을 받아 주지 않으면 어쩌나 하는 불안감에 주눅 들기 마련이다. 하지만 앞에 있는 노인은 뭐가 그리 당당한지 언행에 거침이 없었다.

"당장 네놈들 책임자를 불러 오거라."

노인은 사내를 향해 삿대질하며 호통을 쳤다.

"쯧쯧."

사내는 혀를 차며 고개를 흔들었다.

이런 부류는 두 가지다.

비리를 저지르고 도주하는 귀족이거나, 한 탕 크게 터트리고 도망친 상인이거나.

"간이 배 밖으로 나왔군."

사내는 혐오스러운 눈빛으로 노인을 노려보았다.

지금은 제국 백작가의 가신이 되었지만, 태생은 해적들이다. 탐욕스러운 자들만 털어 왔던 사내들에게 이런 사람은 혐오의 대상이다.

"영감. 산송장 되기 싫으면 좋은 말할 때 꺼져라."

탁자에 앉아 있던 사내가 자리에서 일어났다. 손가락 마디를 꺾으며 일어나는 그의 눈빛에 흉흉한 살기가 일어났다.

하지만 노인의 고함 소리에 사내는 표정이 변했다.

"이놈들아! 내가 바로 진 제국의 태사이니라! 얼른 아카드 백작을 불러오너라!"

Chapter 3.
구울의 등장

　화전민 마을에 도착한 아카드는 입구에서 들려오는 소란에 가까이 다가갔다. 누가 행패를 부리는지 살펴봤더니 노인 하나 때문에 가문의 사람들이 쩔쩔매고 있는 것이 아닌가.

　"쟤들 뭐하냐? 너 애들 훈련 똑바로 안 시킬래?"

　노인 하나 때문에 허둥지둥하는 것을 본 아카드가 칼빈에게 핀잔을 주었다. 노인 하나 제압 못 하는 가신들을 보며 실망했다는 말투다.

　"이 새끼들이. 뭐하는 거야!"

　아카드 앞에서 체면을 구긴 칼빈이 고함을 치며 다가갔

다. 가문의 후계자와 자신들의 대장을 알아본 사내들이 일제히 허리를 숙였다.

"헉!"

"어쩐 일로 여기까지 오셨습니까!"

아카드와 칼빈의 등장에 줄을 선 피난민들이 웅성거렸다. 자신들의 목숨 줄을 쥔 사내들이 얼어 버린 모습을 본 탓이리라.

"저기 험상궂은 사내가 산적 두목이겠지?"

"에이. 그 옆에 잘생긴 총각이 두목인 것 같은데? 인상 더럽게 생긴 사내가 혼나는 거 같던데."

"이 사람이 장난하나? 외모로 보나 떡대로 보나 인상 더러운 자가 두목이지. 어떻게 젊은 청년이 두목이야."

웅성웅성.

피난민들의 소리를 들었는지 칼빈의 얼굴이 벌겋게 달아올랐다. 성질 같아서는 자신의 얼굴을 더럽다고 욕한 사람들을 확 쫓아내 버리고 싶었다.

그러나 옆에 있는 아카드 때문인지 칼빈은 애꿎은 부하들에게 고함을 퍼부었다.

"이 새끼들. 노망난 노인 하나 제압 못 하고 뭐하는 거야! 너희들 한번 죽어 볼래?"

부하들의 뒤통수를 한 대씩 후려갈긴 칼빈은 손에 침을

뺄어 손바닥으로 비벼 대더니 노인을 향해 걸어가려고 했다.

"하지 마. 너 다쳐."

그때 칼빈의 등 뒤에서 아카드가 조심스럽게 말렸다.

"대장도 참, 내가 저깟 노인 하나 처리하지 못할 것 같수?"

"응. 못해."

성질 급하기로 두 번째라면 서러워할 칼빈이 씩씩거리며 노인을 향해 다가갔다.

"이 영감이 미쳤나? 감히 여기가 어디라고 행패야!"

칼빈이 기세등등하게 노인의 멱살을 잡았다. 그러고는 힘껏 들어 올려 패대기치려는데 노인이 자신의 신분을 밝혔다. 하지만 멱살을 잡고 흔들어대는 통에 목소리가 잘 들리지 않았다.

"뭐라고?"

"진. 제. 국. 태…… 사. 니. 라."

희미하지만 이번에는 똑똑히 들렸다.

"태사? 당신이?"

노인의 멱살을 잡고 있던 칼빈의 손이 스르르 풀려 버렸다.

콜록. 콜록.

기침을 하던 노인이 갑자기 칼빈을 향해 고함을 질렀다.

"이놈! 감히 어디에 손을 대는 것이냐. 정녕 죽고 싶은 것이냐!"

칼빈이 울상을 지으며 아카드를 돌아보았다.

하지만 아카드는 고개를 흔들며 칼빈을 외면했다.

"에휴, 조심하라고 경고까지 해 줬건만."

그로부터 두 시간 동안 유로스 산맥의 왕은 부하들이 보는 앞에서 지옥과 같은 시간을 보내야 했다.

*　　　*　　　*

유로스 산맥 중턱에는 산적 소굴이라고는 믿기지 않을 정도로 웅장한 건물들이 들어서 있었다. 거대한 통나무를 이용해 반듯하고 튼튼하게 지어진 건물은 사람들의 감탄을 자아냈다.

현재 이곳의 주인은 메디아 가문의 후계자인 아카드다.

후계자가 머무는 산채 정중앙에 위치한 가장 큰 건물 앞에 산적으로 위장한 메디아 가신들이 모여들었다. 그들은 뭐가 그리 궁금한지 통나무 벽에 얼굴을 대고 안에서 들려오는 미세한 소리에 귀를 기울였다.

이 와중에 두 사내가 건물 옆에서 벌을 서고 있었다. 물이 듬뿍 담긴 통나무 통을 높이 들고 무릎을 꿇은 사내의 입에서 불만이 끊이질 않았다.

"젠장! 완전 망했네."

"에휴."

욕을 하는 자는 겁도 없이 진 제국 황제 스승의 멱살을 잡았던 칼빈이고, 깊은 한숨을 쉬는 자는 처음 노인과 만났던 사내였다.

수상한 자를 색출한다는 원래의 취지는 분명 옳은 일이었건만, 분위기는 이상하게 흘러가고 있었다.

"이 새끼. 간도 크다. 진 제국 태사 멱살을 잡았다며?"

저 멀리서 들려오는 목소리에 칼빈의 고개가 휙 돌아갔다. 하지만 목소리의 주인이 자신보다 끗발이 높다는 것을 확인한 칼빈의 고개는 빛의 속도로 원래대로 되돌아갔다.

"왜? 나도 멱살 잡으려고? 그러다 산에서 쥐도 새도 모르게 죽는 수가 있다."

뭘 먹고 왔는지 이빨을 쑤시며 등장한 사람은 4대 가신 중 한 명이자, 블랙마켓의 주인 크레그였다.

비록 4대 가신 중 무력은 가장 약한 고블린이지만, 그의 진면목을 아는 가신이라면 가장 치를 떠는 가문의 어른 중 한 명이다. 비상한 두뇌와 악랄함이 합쳐진 그의 무서움은 그 누구도 따라올 자가 없을 정도였다.

모건 해적단 시절, 그와 척을 진 자들 치고 지금까지 멀쩡하게 살아 있는 사람은 하나도 없었다. 대부분 굶어 죽거나 미쳐서 스스로 목숨을 끊을 정도로 그의 계략은 악랄하기에 악마라고 불릴 만했다.

　오죽하면 해적왕 모건보다 돈 귀신 크레그를 조심하라고 할 정도로 악덕 영주들에게 있어 그의 존재는 공포의 상징이었다.

　"크레그 님. 전 진짜 억울합니다."

　칼빈은 불쌍한 표정을 지으며 하소연했다. 그러자 크레그가 얼굴을 쑥 들이밀며 질문을 던졌다.

　"진짜 억울해? 아무 짓도 안 했어?"

　"하긴 했는데…… 그것이…….'

　"했구나. 했어."

　크레그는 측은한 표정을 지으며 금화 하나를 칼빈과 그 옆의 사내에게 내밀었다. 황금을 목숨처럼 아끼는 그의 손에서 나왔기에 칼빈은 눈을 동그랗게 떴다.

　"갑자기 왜 이러십니까?"

　"꽉 물고 있어."

　"그게 무슨 말씀이십니까?"

　"죽을 때 노잣돈이라도 있어야 좋은 곳으로 가지. 내 마지막 선물이야.'

크레그는 칼빈의 어깨를 토닥거리며 아카드가 있는 건물로 사라졌다. 그의 등 뒤로 세상에서 가장 억울한 두 사내의 처량한 고함 소리가 산채에 울려 퍼졌다.

"난 억울하다고!"

*　　　*　　　*

건물 안에는 긴 적막이 흐르고 있었다.

마치 빈 건물처럼, 30분이 지났지만 아무 소리도 들리지 않았다.

그렇다고 사람이 없는 것도 아니다.

분명 건물 내부 왼쪽에는 아카드와 총집사 블라디우스, 가문의 기사장 듀랄과 총관 마리아드가 앉아 있었다. 오른쪽에는 에레나와 그녀의 경호 책임자로 동석한 안틸레온이 위치하고 있었다.

특히 에레나 옆에 있던 안틸레온은 입을 떡 벌린 채 벌떡 일어난 상태다. 나머지 사람들은 심각한 표정으로 깊은 생각에 빠졌다.

그들에게는 한 가지 공통점이 있었다.

바로 앞에 있는 머리가 허연 노인을 쳐다보고 있다는 것이다. 진 제국의 태사 하륜공은 그들을 둘러보며 대답을 기다리고 있었다.

건물 입구에서 문이 열리며 무거운 적막이 깨졌다.

끼익 하는 소리와 함께 작은 체구에 귀가 뾰족한 고블린이 긴 그림자를 늘어뜨리며 나타났다.

블랙마켓의 주인 크레그였다.

"뭔 일이야? 어디서 돈이라도 뺏겼나? 분위기가 왜 이렇게 우울해?"

"분위기 좀 보고 아가리 놀려라. 지금 그럴 농담할 상황으로 보이냐?"

"뭐 어때? 돈만 잃은 게 아니면 걱정할 게 뭐가 있어?"

"닥치고 앉아!"

크레그는 한 소리 하려다가 블라디우스의 심각한 눈빛에 슬그머니 의자에 앉았다. 하지만 호기심이 동했는지 블라디우스의 귀에 대고 조용히 물어보았다.

"뭐야? 무슨 일인데? 진짜 돈이라도 날린 거야?"

"구울이 등장했단다."

"뭐 별일 아니네. 뭐어어어! 구울? 동화 속에 나오는 그 구울?"

크레그는 자리에 앉자마자 벌떡 일어났다. 그의 목소리 덕분인지 숨 막히게 무거웠던 적막이 깨졌다.

"태사. 구울이라는 것이 진짜로 존재하는 것이오?"

이곳에서 유일하게 냉정을 유지하던 아카드가 태사 하룬 공에게 질문을 던졌다. 그로울리를 통해 얻은 암흑 교단의 역사와 조직 체계, 그들이 익혀 온 흑마법과 잠재력에 대한 정보 어디에도 구울에 대한 이야기는 없었다.

아카드가 구울에 대해 모르는 것은 당연했다.

구울 제조법은 암흑 교단 내에서도 금서로 봉인시켜 지금까지 숨겨 왔기 때문이다. 얼마 전까지 암흑 교단 내에서도 그로울리와 구울 제조법이 기록된 금서의 파수꾼만이 알고 있는 극비 사항이었다.

하지만 구울 제조법을 알고 있는 파수꾼이 암흑 교단을 빠져나가려다가 잡혔다. 그 소식은 소로스의 귀에까지 흘러갔고, 소로스는 베넨을 파견하여 매혹과 세뇌를 통해 구울 제조법을 탈취했다.

금서를 탈취한 암흑 교단에서는 마나석을 가져온 인간들을 흑마법을 전수한다는 명목으로 속여 구울을 제조하기 위한 실험체로 쓰고 있었다.

하지만 그마저도 모자랐는지, 진 제국을 제외한 주변 작은 나라에 암흑 기사단을 파견해 백성들을 납치하는 사건이 잦아졌다.

그리고 얼마 후.

어설프지만 확실히 구울로 추정되는 괴물들이 진 제국

국경 지대에 출몰하기 시작했다. 처음에는 한 자릿수에 불과했던 구울의 숫자는 현재 기하급수적으로 늘어 가는 상황이었다.

"영감. 눈으로 보기 전까지 믿을 수 없다."

크레그가 반신반의하며 외쳤다. 그러자 태사는 자신의 품에서 수정구 하나를 꺼내 탁자에 올려놓았다.

"이것을 보시오."

벌떡 일어난 하륜공이 수정구를 쓰다듬으며 뭔가를 중얼거리자 수정구에 변화가 일어났다.

"이게 뭐야?"

"시체들이 왜 움직이지?"

가신들이 가까이 다가가 살펴보니 수정구에 시체들이 움직이는 영상이 담겨 있었다.

진물이 뚝뚝 떨어지는 썩은 시체들이 떼를 지어 진 제국 국경 주변을 배회했다. 그들은 살아 있는 거라면 떼로 달려들며 생으로 집어삼켰다.

그러다가 국경을 지키는 병사들을 발견하고는 떼를 지어 달려들었다. 국경 수비대가 활도 쏘아 보고 창으로도 찔렀지만 소용이 없었다.

팔다리가 잘린 뒤에도 죽지 않고 계속 움직였다.

불화살로 완전히 녹여 버린 이후에야 완전히 행동을 멈

쳤다. 태워 버리는 것 이외에는 어떤 방법으로도 저지할 수 없어 보였다.

"X발. 이러다가 드래곤도 등장하겠네."

천 년 전 이야기로만 들어 왔던 구울의 등장에 크레그가 심각한 표정으로 욕설을 뱉었다. 다른 사람들도 심각한 표정으로 수정구에서 눈을 떼지 못했다.

"이제 이 사람의 말을 믿겠소이까?"

"그래서 결론이 뭡니까? 왜 날 찾아온 겁니까?"

"대답하기 전에…… 우선 여러분들께 질문을 드려도 되겠소이까?"

진 제국 태사 하륜공은 주위를 둘러보며 동의를 구했다. 아카드가 고개를 끄덕이자 태사는 질문을 던졌다.

"구울에게 공격당한 인간이 어떻게 되는지 아십니까?"

태사가 수정구를 한 번 더 쓰다듬자 장면이 바뀌었다.

같은 장소에 구울이 나타난 것은 같았다.

방금 전과 다른 것은 구울들 중 진 제국의 군복을 입은 자들이 섞여 있다는 것이다. 그들은 다른 구울들처럼 국경 주변을 배회하고 있었다.

"구울에게 상처를 입은 인간은 시간이 지나면 구울로 변해 버립니다. 여기서 질문 하나."

태사는 침울해 있는 사람들을 향해 핵심을 찌르는 질문

하나를 던졌다.

"진 제국이 이대로 무너진다면 과연 구울의 숫자가 얼마나 될지 상상이나 해 보셨습니까?"

에레나와 안틸레온, 그리고 4대 가신들은 태사의 질문에 아무 대답도 하지 못했다.

구울에 대한 경악과 공포, 충격만이 그들의 어깨를 무겁게 짓눌렀다. 천 년 동안 죽음의 대지에서 살아남은 암흑 교단에 대한 두려움과 치밀함이 사람들의 이성을 마비시켰다.

단, 아카드만이 불만스러운 표정으로 진 제국 태사를 쳐다보았다. 그는 좌중의 침묵을 깨며 태사를 향해 말했다.

"지금 저한테 협박하러 오신 겁니까?"

"함께 이 위기를 벗어나자고 제안하려고 왔습니다."

"그렇다면 정중하게 부탁을 하셔야지. 구울을 보여 주고 협박하면 태사의 뜻대로 우리가 따를 거라고 생각했습니까?"

"아…… 니. 아카드 백작. 그것이 아니라……."

아카드의 반응에 태사는 당황했다.

'아차. 내가 너무 급했구나. 아카드 백작의 성격을 고려했어야 하는데……'

구울이라는 괴물의 등장에 진 제국은 혼란에 빠졌다. 당장은 국경의 병사들과 몇몇 사람들만 아는 기밀 사항이지만, 그것만으로도 연일 비상 회의가 걸렸다.

진 제국이 자랑하는 주술사들을 불러들여 해결하려고 했지만 불가능했다. 인간의 냄새를 가려 구울들의 움직임을 잠시 멈출 순 있지만 근본적으로 해결되지 않았다.

지금 알려진 것이라고는 불화살로 태워 녹여 버리는 수밖에 없었다.

하지만 화공은 근본적인 대책이 될 수 없었다.

진 제국은 사시사철 눈이 내리는 지역이기에 불화살을 쏜다고 해도 금방 꺼질 수밖에 없다. 그마저도 비라도 오는 날에는 속수무책으로 당할 수밖에 없는 상태다.

진 제국의 주술사들과 박사들은 몇 날 며칠 동안 밤을 새우며 토론한 끝에 구울을 박멸하기 위해서는 교회의 도움이 필요하다는 의견을 내놓았다.

구울을 움직이는 힘의 근원은 흑마력이다.

상성으로 볼 때, 빛의 마나를 사용하는 성기사들과 축복받은 성물을 이용하면 구울 박멸이 가능하다는 결론을 내렸다. 당장이라도 다인 왕국으로 건너가 교황에게 지원을 요청해야 할 상황이었다.

문제는 진 제국과 교황의 관계가 최악에 가깝다는 데 있었다.

진 제국은 무녀를 인정하고 토속 종교를 허용하는 국가다. 그러나, 다인 왕국은 타 종교를 허용하지 않는 단일 종교 국가다.

교회 국가로 알려진 다인 왕국에서는 진 제국을 배교 단체로 규정하고 국가로 인정하지 않았다. 오죽하면 서로를 향한 살인 사건이 일어나더라도 그냥 넘어갈 정도다.

일례로 진 제국이 전쟁을 일으켰을 때 남부의 나라 중 가장 먼저 쳐들어간 곳이 다인 왕국이다.

반대로 연합군을 구성하고 진 제국과의 전쟁에서 가장 앞장섰던 나라도 다인 왕국이다.

상황이 이렇다 보니 진 제국 입장에서는 교황의 도움을 받기 위해 중간에서 다리를 놔줄 거물이 필요했다. 교회와 진 제국의 끈이 동시에 닿아 있는 인물이 있어야만 대화의 물꼬가 트이기 때문이다.

진 제국에서는 중간에서 가교 역할을 해 줄 인물로 아카드를 꼽았다.

다인 왕국에서 교회의 전폭적인 지원을 받는 크로우 상단의 실질적인 주인이 아카드라는 사실을 알아냈고, 교황이 그를 만나고 싶어 한다는 정보를 입수한 것이다.

교황과의 만남을 위해 태사 하륜공은 노구를 이끌고 직접 움직였다.

구울과 암흑 교단의 위험성을 알린다면 아카드의 도움을 끌어낼 수 있다고 여겼다.

하지만 태사 하륜공의 생각은 오판이었다.

아카드의 태도는 차가웠다.

그리고 진 제국 태사인 자신의 태도를 지적하며 협조할 생각이 전혀 없어 보였다.

"아카드 백작. 내가 실례를 범했다면 용서하시오. 상황이 위급하다 보니 본의 아니게 제가 실수를 한 것 같소이다."

"오늘은 늦었으니 회의는 이것으로 끝내도록 합시다."

아카드는 의자에서 일어났다. 그는 애절하게 쳐다보는 태사의 얼굴을 외면하며 건물 밖으로 나가 버렸다.

나머지 인물들도 마찬가지다.

에레나는 아카드를 따라나섰고, 가신들도 무조건 도와줄 것 같은 처음 분위기와는 달리, 냉랭한 자세로 바깥으로 나갔다.

졸지에 건물 안에 홀로 남겨진 태사 하륜공의 입에서는 깊은 한숨이 새어 나왔다.

"이 일을 어쩔꼬."

*   *   *

발자국을 따라가던 에레나는 산 중턱 작은 공터에서 아카드를 발견했다.

'이 사람에게 이런 면도 있구나.'

풀밭에 털썩 주저앉은 아카드는 술을 마시고 있었다. 뭔가 깊은 생각에 빠져 있는지 에레나가 가까이 다가가도 알아채지 못할 정도다.

그가 나무 컵에 들어 있는 술을 털어 넣고 잔을 채우려 할 때, 에레나는 얼른 술병을 들고 자신이 직접 따라 주었다.

"응? 언제 왔어?"

"방금요."

"한잔할래?"

"주면 감사히 먹죠."

"먹는 건 좋은데, 술주정하면 놓고 가 버린다."

"그러시든가."

"뭘 믿고 그리 당당하실까?"

"당신?"

에레나의 대답에 아카드는 피식 웃으며 잔을 채워 주었다. 그녀는 받자마자 쭉 들이켰다.

"잔소리 안 해?"

"무슨 잔소리요?"

"보통 같으면 태사를 도와줘야 한다고 길길이 날뛰어야 정상이잖아."

에레나는 아무런 말없이 술을 들이켰다.

"아카드 군이 거절했을 때는 다 그만한 이유가 있지 않을까요? 그리고……."

그녀는 다른 사람에게 들리지 않을 만큼 아주 작은 목소리로 속삭였다.

"당신을 믿으니까."

아카드는 자신의 가슴속에서 무언가 확 올라오는 것을 느꼈다. 난생처음 느껴보는 감정이다.

그는 갑자기 에레나에게 입맞춤했다.

부드러운 그녀의 입술이 느껴지면서 아카드 마음속 깊은 곳에 격렬한 감정이 치솟았다.

아카드는 양손을 뻗어 에레나의 얼굴을 감쌌다. 하지만 그녀가 부르르 떨고 있는 것이 느껴지자 화들짝 놀란 표정으로 한발 물러났다.

그 바람에 두 사람의 입맞춤은 끝나버렸다.

"미안해. 놀랐지?"

아카드는 자신의 갑작스러운 행동에 에레나가 놀랐다고 생각했는지 미안한 표정을 지었다.

그때, 갑자기 에레나가 다가와 아카드의 허리를 껴안았다.

"힘든 일 있으면 말해요. 걱정도 나누면 반으로 줄어든다고 하잖아요."

자신을 배려하는 에레나의 마음이 고스란히 전해져서일까?

아카드는 다시 용기를 내 그녀의 입술에 자신의 입술을 포갰다. 방금 전보다 훨씬 강렬하고 깊게 파고들었다.

무자비한 아카드의 공격에 그녀의 입술도 열리기 시작했다.

그 틈을 비집고 아카드의 혀가 파고들었다.

쫓고 쫓기던 두 사람의 혀가 마주치는 순간 에레나의 몸이 방금 전과는 비교할 수 없을 정도로 파르르 떨렸다.

동시에 아카드는 본능적으로 한쪽 손으로는 그녀의 머리를, 나머지 손으로는 그녀의 허리를 부드럽게 감쌌다. 그의 손길에 에레나는 잠시 움찔거렸지만 입술은 더욱더 벌어졌다.

차가운 산의 쌀쌀함이 두 사람을 덮쳤지만 조금도 한기를 느끼지 못했다. 오히려 더워서 땀이 날 정도로 격정적으로 서로를 탐닉하며 서로를 느끼고 있었다.

아무도 없는 산 속에서 두 사람의 입맞춤은 계속되었다.

*　　　*　　　*

"죄송합니다. 정말 죄송합니다. 하지만 가족들 때문에 어쩔 수 없습니다."

암흑 교단의 지하 고문실.

고문하는 자는 거의 울 듯한 표정으로 사도 그로울리를 고문했다. 한 번씩 그로울리의 입에서 신음 소리가 들릴 때마다 그는 울음 섞인 목소리로 용서를 빌었다.

고문관은 암흑 교단에서 가장 존경받는 사도를 고문한다는 것이 내키지 않는 듯했다. 하지만 교주의 명령이 떨어진이상 일개 고문관이 거역할 수 있을 리가 없다.

급진파의 거두이자 또 다른 사도인 베넨은 그로울리를 고문실로 끌고 와 두 팔의 힘줄을 자르라고 명령했다. 그것으로도 모자라 두 발목의 힘줄까지 끊으라고 명령했다.

혹시나 마력으로 치료받을까 봐 잘려진 힘줄을 붉게 달아오른 인두로 녹여 버리는 만행까지 저질렀다. 그렇게 엉망으로 짓이겨진 상처는 어떤 치료사가 온다고 해도 치료가 불가능해 보였다.

교단의 상황을 파악하기 위해 제 발로 걸어 들어온 사도그로울리는 어떤 물건을 잡을 수도, 걸을 수도 없는 몸이 되어 버렸다.

온몸에 피어오르는 고통에 사도 그로울리는 온전한 정신을 유지하기도 힘들어 보였다. 차라리 혀를 깨물고 자살하고 싶은 심정이었다.

아무리 수백 년을 살아온 사도라고 할지라도 반복되는 고통에는 이겨 낼 도리가 없었다. 이제는 모든 것을 놓아 버리고 싶을 정도였다.

그렇게 얼마나 시간이 지났을까?

정신이 무너지고 자신의 생사도 확신이 가지 않을 때 그로울리의 귓가에 익숙한 목소리가 들렸다.

"어떤가? 이제는 나를 돕는 것이?"

"소. 로. 스. 네 이놈!"

익숙한 목소리에 정신이 번쩍 든 그로울리가 이를 갈았다. 눈이 뜨이지 않아 볼 수는 없지만, 그의 앞에 누가 와 있는지는 알 수 있었다.

교단 내 온건파를 숙청하고 전권을 장악한 소로스다. 자신의 야망을 위해 천 년간 교단을 지탱했던 동지들을 죽이고 금서 탈취를 명령했던 장본인이 앞에 있다고 생각하자 분노가 치밀어 올랐다.

"참으로 안타까운 일이야. 자네처럼 능력 있고 뛰어난 자가 나와 교단의 앞길을 망칠 줄이야. 자네 때문에 얼마나

많은 동료들이 죽었는지 알고 있는가? 자네의 불순한 사상이 그들의 목숨을 빼앗았다네."

"닥쳐라. 뭐? 불순한 사상? 네놈의 짓인 것을 모를 줄 아는가?"

"나의 짓? 이거 억울한데? 내가 한 거라고는 교단의 미래를 걱정하는 자들의 손을 들어 준 것밖에 없는데."

"명색이 교주라는 자가 자신이 한 일을 아니라고 부정할 셈인가? 못난 인간 같으니."

"뭐? 인간?"

소로스가 그로울리의 심장에 오른손을 깊숙이 쑤셔 넣고는 물컹한 뭔가를 손에 쥐었다. 그의 손에 잡힌 것은 그로울리의 흑마력이 모여 있는 심장이었다.

"으아아아악!"

그로울리는 지금껏 당한 고문을 합친 것과는 비교조차 되지 않을 고통에 비명을 질렀다.

하지만 소로스는 눈 하나 깜박이지 않았다.

"감히 교단의 교주에게 비천한 인간이라고 했겠다?"

암흑 교단의 흑마법사들은 인간이라고 불리는 것을 극도로 싫어했다. 자신들을 인간의 영역을 벗어난 반신으로 여기며 인간은 하찮게 생각했다. 심지어 인간은 가축과 동일한 존재라고까지 여길 정도였다.

"욕심에 가득한 네놈의 얼굴을 보아라. 권력과 부를 탐하는 인간과 다를 게 무어란 말이냐."

앞이 새까맣게 보일 정도로 극심한 고통 속에서도 그로울리는 또렷한 말투로 소로스에게 따지고 들었다. 소로스를 증오하는 마음이 그에게 힘을 준 것처럼 보였다.

"쯧쯧쯧. 어리석구나. 천 년을 간직한 교단의 한을 고작 욕심이라고 치부하다니. 고작 내가 인간을 지배하고 다스리기 위해서 일을 벌였다고 생각하는 것인가?"

"이번에는 또 무슨 거짓으로 날 속이려고 하느냐."

"허허허. 속이다니."

소로스는 만신창이가 된 그로울리를 뚫어지게 쳐다보며 뜻밖의 제안을 했다.

"자네가 나를 따른다는 제안을 받아들이면, 내 당장이라도 교주 자리에서 내려오지. 아니, 자네를 교주의 자리에 올려 주지. 어떤가? 구미가 좀 당기시는가?"

피범벅이 되었던 사도 그로울리의 얼굴 전체에 당혹감이 서렸다.

"무슨 꿍꿍이지?"

"난 중간계의 조율자가 될 것이다. 교단의 창시자였던 블랙 드래곤 베르카스 님처럼 신이 되어 인간을 다스릴 생각이지. 어떤가? 날 따를 텐가?"

"크하하하하하!"

소로스의 황당한 발언에 사도 그로울리는 고통 속에서도 눈물이 날 정도로 웃음이 나왔다. 자신을 신이라고 생각하는 소로스가 미쳤다고 생각했다.

하지만 곧바로 이어지는 소로스의 말에 그로울리는 웃음을 멈출 수밖에 없었다.

"자네가 교단에서 자리를 비운 사이 본당 지하에 마법진 하나가 완성되었지. 마계 소환진이라고 들어나 봤을지 모르겠네."

"자, 네. 설마……?"

말하는 그로울리의 입술이 파르르 떨렸다.

"이제 내가 왜 황급히 교단에 복귀했는지 아시겠는가?"

소로스의 악마 같은 웃음에 피범벅이 된 그로울리의 얼굴이 경악으로 일그러졌다.

Chapter 4.
샤피르의 유적

　유로스 산맥에 아침이 밝았다.

　평소와 전혀 다를 바 없는 아침이지만 분위기는 사뭇 달랐다.

　사람들은 모두 나와 짐을 싸는 한 여인을 물끄러미 바라보고 있었다. 그들 대부분이 악명 높은 해적 출신이지만 여인을 바라보는 눈에는 아쉬움과 그리움, 섭섭함이 고스란히 담겨 있었다.

　그녀가 머문 기간은 단 열흘뿐이었지만, 가문의 사람들에게 깊은 인상을 남긴 모양이다. 누구 할 것 없이 여인의 곁에서 여행 준비를 도와주고 있었다.

"날도 추운데 도련님께 부탁해서 며칠만이라도 더 머물면 안 되겠나?"

가문의 마법사이자 총관인 마리아드가 아카드의 눈치를 살피며 속삭였다. 자신이 부탁하면 들은 척도 하지 않지만, 자신의 연인이 부탁하면 혹시나 들어줄지도 모른다고 생각했는지 에레나에게 부탁했다.

"아카드 군의 성격 잘 아시잖아요."

에레나는 웃으며 고개를 살짝 흔들었다. 자신도 그의 곁에 머물고 싶은 마음은 굴뚝같지만 그럴 순 없었다.

어젯밤 아카드가 남몰래 자신의 방에 찾아와 중요한 임무를 맡겼다.

*   *   *

처음 그가 말을 꺼냈을 때 그녀는 한 마디도 입 밖으로 내지 못했다. 그가 부탁한 임무는 그녀로서는 상상도 할 수 없을 정도로 무거운 것이었으니까.

아카드의 말을 경청하던 그녀가 천천히 입을 열었다.

"정말 내가 할 수 있을까?"

그녀의 물음에 아카드가 진지한 표정으로 대답했다.

"할 수 있을 거야. 어쩌면 나보다 더 잘해낼지도 모르지."

"너무 띄워주는 거 아니에요? 이러다가 떨어지면 많이 아픈데."

그녀의 말에 아카드는 피식 웃었다. 농담으로 인해 무거 웠던 분위기는 밝아졌지만, 그가 맡긴 임무의 무게는 전혀 가벼워지지 않았다.

"과연 교황이 나를 만나 줄까? 난 그냥 귀족 가문의 자 식에 불과한데."

"생각을 바꿔. 이곳을 떠나는 순간 당신의 신분은 백작 이야. 내 대리인으로 참석하는 거니까 전혀 주눅들 필요 없 어."

아카드는 둘 중에서 하나를 선택해야 했다.

샤피르의 유산을 찾는 일과 교황과의 독대.

아버지인 모건 백작의 회복과 진 제국 사이에서 아카드 의 고민은 깊어졌다. 며칠간 심사숙고하던 아카드는 에레 나를 자신의 대리인으로 교황과의 독대 자리에 보내기로 결정했다.

"그런데 진심이야? 정말 날 혼자 보낼 생각이야?"

에레나는 아카드의 입에서 농담이라는 말이 나오길 바랐 다.

"아니."

아니라는 대답에 그녀가 안도하는 순간, 아카드는 다시 말했다.

"당신 혼자 보내지 않아. 다인 왕국에 도착하는 순간, 윌 크로우 2세와 토마스가 당신을 도와줄 거야."

"에휴, 농담이 아니구나."

"너무 걱정하지 마. 그냥 노인네와 밥 한 끼 먹는다고 생각해."

순간 에레나가 두 눈을 크게 떴다.

그녀는 떨리는 목소리로 말했다.

"그냥 잠깐 만나고 나오면 안 돼? 밥까지 먹으면 체할 것 같은데."

"예전으로 돌아간다고 생각해. 남장하며 날 속였던 때로 돌아가는 거야."

"내 말 한 마디에 진 제국의 운명이 달린 거네."

너무나 막중한 임무를 맡은 탓에 그녀는 손쉽게 대답하지 못했다. 정말이지 상상도 못 한 상황이 벌어진 것이다.

"생각할 시간이 필요해?"

아카드가 어깨를 두들기며 일어서려는 순간, 에레나의 닫혔던 입이 열렸다.

"잠깐만. 내 옆에서 잠깐만 기다려 줘."

아카드가 조금 걱정스러운 눈빛으로 물었다.

"괜찮겠어? 바로 대답하지 않아도 돼."

"잠깐이면 돼. 그러니까 이대로 있어 줘."

아카드는 그녀의 심정을 이해했다. 진 제국의 운명을 다른 사람 대신 짊어진다는 것은 쉬운 일이 아니다.

하지만 아카드로서는 다른 선택지가 없었다.

교황의 초대를 받은 사람은 자신과 에레나였기 때문에 다른 누구도 대신할 수 없었다.

교황은 자신이 허락한 사람이 아니면 누구에게도 만남을 허락하지 않았다. 설령 제국의 황제가 방문하더라도, 교황의 초대장이 없으면 만나 주지 않았다.

아카드가 갈 수 없다면, 그나마 진 제국 태사와의 만남을 주선할 수 있는 사람은 에레나뿐이었다.

문제는 과연 자신이 가지 않아도 에레나를 만나 줄 것인가 하는 점이다.

일단 격이 맞지 않았다.

아카드는 제국의 백작에 불과하지만, 제국의 떠오르는 실세라는 명분이 있기에 교황과의 독대 상대로 큰 흠이 되지 않았다.

하지만 에레나 혼자라면 문제가 될 수 있다. 제국 최고 가문의 영애라고 하지만, 작위를 받은 귀족이 아니다.

교황의 입장에서 보면 자존심이 상할 수도 있었다.

하지만 다른 방법이 없다.

일단 교황 앞에까지 가기 위해서는 에레나를 보내는 수밖에 없었다.

"좋아. 내가 갈게."

아카드는 깜짝 놀랐다.

"정말?"

"나 아니면 안 되는 일이잖아. 도와줄게."

연인으로서의 의무감이나 사명 같은 것이 아니다.

그녀는 무거운 짐을 짊어진 아카드를 진심으로 도와주고 싶었다.

물론 이성적으로는 쉽게 대답해서는 안 된다는 생각도 들었다. 쉬운 일이 아니라고, 일이 잘못되면 평생 후회할지 모른다는 이성적인 판단이 들었다.

하지만 에레나는 이성을 외면했다.

후회할 일이 생길지도 모르지만, 시도하지 않고 후회할 바에는 부딪혀 보자고 결심했다. 그렇게 해서라도 아카드의 짐을 덜 수 있다면 족하다고 여겼다.

"언제 출발하면 돼?"

그녀로서는 대단한 결정을 한 것이다. 자칫하면 클라우스 공작가에 누를 끼칠 수도 있다. 그럼에도 불구하고 이 일을 하겠다는 것은 자신을 믿는다는 것을 의미했다.

"빠르면 빠를수록 좋아. 구울의 숫자가 얼마나 불어날지 계산이 서지 않으니까. 그런데 왜 혼자 보내는지 궁금하지 않아?"

"사실 궁금하긴 하지. 하지만 묻지 않을래. 당신이 아무 이유 없이 혼자 보내진 않을 테니까."

아카드는 갑자기 그녀의 어깨를 자신을 향해 잡아당겼다. 그녀를 힘차게 끌어안은 그는 아무 말 없이 한참을 그대로 있었다.

"고맙다."

단, 세 글자에 불과했지만, 아카드의 진심이 그대로 전해졌다. 그 뒤에 생략된 글자는 '함께하지 못해서 미안해.' 라는 말이리라.

'앞으로 다시는 미안해하지 않을 거야.'

그녀를 껴안은 아카드의 얼굴에 비장함이 고스란히 드러났다.

*　　　*　　　*

"그만 마차에 오르십시오. 아가씨."

에레나의 경호 임무를 맡은 안틸레온이 여행 짐들을 다 챙기고는 마부석에 앉았다.

"잠시만 기다려 줘!"

에레나는 잠시 아랫입술을 깨물다가 아카드가 머무는 창문 쪽을 바라보았다.

창문을 통해 바라보는 아카드의 표정이 전에 없이 무겁고 긴장돼 보였다. 이제껏 본 적 없는 이질적인 그의 모습을 본 에레나의 눈빛이 이채를 띠었다.

'나 먼저 가요. 대신 너무 오래 기다리게 하지 마요.'

그녀의 눈에서 눈물이 흘러내렸다.

'오래 걸리지 않을 거야.'

아카드는 이를 악물었다. 그리고 두 주먹을 불끈 쥐었다.

잠시 후, 마차의 문이 닫혔다.

안틸레온이 고삐를 흔들자 마차의 모습이 점점 멀어졌다.

*　　*　　*

마차가 시야에서 사라지고 난 후에도 아카드는 석상처럼 그 자리에 있었다. 그는 창문을 통해 그녀가 사라진 곳을 한참 동안이나 쳐다보았다.

에레나가 떠났다는 보고를 하려고 방에 들어온 블라디우스는 조용히 문을 닫고 나갔다. 자신의 목에 칼이 들어와도

눈 하나 깜짝하지 않을 것 같은 얼음 같은 소공자의 이질적
인 모습에 총집사의 얼굴에 미소가 피어났다.

'이제는 어른이 다 되셨구나.'

총집사는 나가자마자 집사들을 불러 모았다.

오늘 하루는 가문의 소공자에게 생각을 정리할 시간이
필요하다고 생각했는지, 아무도 건물로 들어오지 못하도록
지시를 내렸다.

* * *

진 제국의 황실 분위기는 무거웠다.

북쪽의 지배자로 불리는 황제는 두 손을 깍지 낀 채 몸을
앞으로 기울였다. 그 앞에는 대소 신료들이 양쪽으로 자리
잡고 있었다.

신하들 중 가장 앞에 있는 자가 앞으로 나왔다.

재상 지갈륜이었다. 진 제국의 머리이자 황제의 복심으
로 불리는 자다.

"구울의 숫자가 점점 불어나고 있습니다. 최후의 성벽이
오래 버티지 못할 것 같습니다."

최후의 성벽은 죽음의 대지를 막고 있는 경계선이다. 한
번씩 죽음의 대지에서 내려오는 흑마법사들을 막기 위해

세워진 건물이다.

황제는 묵묵히 보고를 듣고만 있었다.

"6개월 안에 교회의 지원을 받지 않으면 이곳을 버리고 남하해야 할 것으로 사료되옵니다."

제국의 두뇌로 불릴 정도로 현명한 재상이었지만, 구울의 증가 속도 앞에는 대책이 없었다. 화공만이 유일한 답인데, 지금은 나라 전역에 눈이 내리고 있어 그마저도 여의치 않았다.

최후의 수단으로 나라를 버릴 것을 건의할 정도로 상황은 심각했다. 하루가 다르게 불어나는 구울로 인해 죽음의 대지를 막고 있던 경계선이 무너지고 있었다.

인력을 추가로 투입해 수리하고 있지만, 수리하는 속도보다 파괴되는 속도가 빨랐다.

묵묵히 듣고 있던 황제의 입이 천천히 열렸다.

"아카드라는 자가 모건의 아들이라고 했나?"

"그렇습니다."

황제는 참았던 분노를 터트렸다.

"원수의 아들에게 진의 운명을 맡겨야 하는 신세가 되었군."

황제는 자존심이 상할 대로 상한 상태다.

자신의 아내가 될 뻔했던 여인을 납치한 해적의 아들이

진 제국의 명줄을 쥐고 있다고 생각하니 기가 찼다.

"혼자 있고 싶다. 다들 물러가라."

황제의 명령에 신하들이 물러났다.

하지만 단 한 사람.

제국의 재상이자, 지 가문의 가주인 지갈륜은 자리를 지켰다.

"재상은 물러가라는 내 말을 듣지 못했는가?"

"폐하. 이제는 사사로운 감정은 물리치시고, 제국의 운명만을 생각하옵소서."

지갈륜은 무릎을 꿇고 황제에게 간청했다.

"그래. 수란이는 자네의 여동생이었지."

황제의 말에 재상의 눈빛이 흔들렸다.

혹여 황제가 오해할까 봐 걱정스러운 표정이다.

"재상은 걱정하지 말라. 과거는 이미 잊었느니."

"성은이 망극하옵니다."

"정령사라지?"

"확실한 것은 아니옵니다."

"수란이의 재능을 고스란히 물려받았군. 얼마나 다행인가."

황제는 피식 웃으며 굳어 있던 얼굴을 풀었다.

진 제국의 명운을 쥐고 있는 아카드가 모건 백작의 검술

재능을 물려받은 것이 아니라, 어머니의 재능을 물려받은 정령사라는 말에 만족하는 표정이다.

진 제국 입장에서 보면, 신녀나 정령사나 별반 차이가 없었다. 자연에 깃들어 있는 영혼을 불러내어 미래를 점치고 원혼을 달래는 신녀나 정령사나 같다고 보았다.

"그 개자식은 흑마법사의 공격에 생사가 오락가락한다지? 속이 다 시원하군."

황제가 말한 개자식은 모건 백작을 의미했다. 자신의 여자를 데리고 야반도주했으니 고운 말이 나올 리가 없다.

"폐하! 이제 그만 과거의 매듭을 푸시는 건 어떠신지요."

재상의 진심 어린 충언에 진 황제의 두 눈에 일렁거리던 살기가 사라졌다.

재상의 말대로 과거의 원한에 머무를 때가 아니라, 지금은 묻어 둘 때였으니까.

"알겠소. 일단 급한 불부터 끕시다."

*   *   *

아카드가 유로스 산맥을 떠난 지 한 달이라는 시간이 지났다.

암흑 교단에서 쫓겨난 사도이자 금서 파수꾼 듀퐁에게

대륙 전체가 그려진 지도와 나침반을 받자마자 길을 나섰다.

샤피르의 유적이 숨겨진 곳은 북쪽이 아니라 동쪽의 작은 섬이었다. 해적의 아들로 태어났기에 바다에서 섬 하나를 찾는 것은 어렵지 않았다.

문제는 아무리 섬을 뒤져 보았으나 샤피르의 유적을 찾을 수 없었다는 점이다. 오랫동안 사람의 발길이 닿지 않은 탓인지 무성한 풀과 울창한 나무뿐이다.

바람의 정령 실리안까지 풀어 숲 전체를 샅샅이 뒤졌지만 고개를 흔들 뿐이다. 정령이 찾을 수 없다는 건 둘 중의 하나다.

암흑 교단의 사도 그로울리가 거짓말을 했든지, 아니면 쉽게 찾을 수 없게 꽁꽁 숨겨 뒀다는 의미였다.

아카드는 거짓말에 좀 더 비중을 두고 있었다.

정찰에 특화된 바람의 정령이 찾을 수 없다는 것은 말이 되지 않았다. 만약 샤피르의 유적이 있다고 해도 바람의 정령이 찾을 수 없다면 자신도 찾을 수 없다는 것을 의미한다.

섬에 도착한 지 일주일째.

아카드는 섬에서 가장 큰 나무에 등을 기대고 가죽 가방을 열었다. 손을 집어넣어 비상식량으로 가져온 육포를 꺼

내려고 했으나, 잡히는 것이 없었다.

다 떨어진 것이다.

하지만 실망한 표정은 보이지 않았다.

섬을 돌아다니느라 몸은 피곤하고 배에서는 꼬르륵하는 신호가 들려왔지만, 먹고 싶지 않았다.

그냥 이대로 누워서 쉬는 것이 좋았다.

밤하늘에 가득한 별을 보며 에레나를 떠올리던 아카드의 눈이 순간 반짝거렸다. 달빛을 받자 자신이 기대고 있는 나무 기둥에 미세한 무늬가 나타났다.

한동안 무늬를 살펴보던 아카드는 뭔가 이상한 것을 발견했다. 방금 전까지 피로에 지쳐 흐릿했던 눈동자는 점점 밝게 빛났다.

그 무늬는 고대 문자였다.

정령 계약을 할 때 양피지에서 보았던 그 문자다.

꼬불꼬불한 필기체로 쓰여 있기에, 무심코 봤을 때는 나이테로 착각했다. 설마 나무 무늬가 문자라고는 전혀 생각하지 못했다.

처음 왔을 때는 특별한 장소에 있을 거라고 생각했지, 평범한 나무에 유적 실마리가 있을 거라고는 상상도 못 했다.

얼마 동안 고대 문자를 살펴보고 있었을까?

아카드는 갑자기 자리에서 벌떡 일어났다.

배고픔에 다리가 풀릴 뻔했지만, 샤피르의 유적 실마리를 발견한 이상 그깟 배고픔에 질 수 없었다.

희망이 생기자 육체에도 힘이 채워지는 것 같았다.

아카드는 두 발자국 뒤로 물러나 방금 전까지 자신의 등받이 역할을 해 주던 나무를 올려다보았다.

나무의 두께는 성인 남자 열 명은 맞잡아야 할 정도로 두꺼웠고, 높이는 유로스 산맥에서 보았던 나무보다 두 배 이상 위로 솟아 있었다.

실리안이 주변을 돌아다니는 바람에 굵은 줄기가 흔들리며 잎사귀 마주치는 소리가 귓가를 간지럽혔다.

스스스스슥.

방금 전까지의 짜증은 바람에 실려 사라지고 상쾌하고 머리가 맑아지는 느낌.

아카드는 거대한 나무 앞에 다가가 굵은 몸통에 손을 대었다. 주위를 한 바퀴 돌며 손의 감각에 모든 신경을 집중시켰다. 우둘투둘한 감촉을 느끼며 몸통을 툭툭 치기도 하고 쓰다듬기도 했다.

그런데 그가 하는 행동은 대충 하는 것이 아니라 뭔가 규칙이 있었고, 확실한 기준이 있는 것 같았다.

'여기다!'

한 시간 정도의 시간이 흘렀을까?

손가락 끝에 미묘한 기운이 느껴졌다.

날카로운 금속의 느낌과 묵직한 대지의 마나가 손가락을 통해 흘러들어 왔다.

아카드는 손가락을 집어넣고는, 조심스럽게 손끝으로 나무껍질을 벗겨 냈다.

그러자 갑자기 툭! 하는 소리와 함께 나무 덩어리가 떨어졌다. 사람 몸통만 한 나무 조각은 반듯한 원의 형태를 하고 있었다.

절대 자연적으로 만들어진 것이 아니라 누군가가 원 모양으로 자른 후, 다시 붙인 것이 틀림없다.

아카드는 나무 조각이 떨어져 나온 공간을 향해 다가갔다. 가까이 다가가 살펴보니 사람 한 명이 충분하게 오갈 수 있는 구멍이 생겨났다.

아카드는 조금의 망설임도 없이 구멍 안으로 들어갔다. 그러고는 발을 좌우로 흔들어 바닥을 쓸어 냈다.

놀랍게도 나무 속 바닥에는 네모난 돌이 놓여 있었다. 그가 나무에 새겨져 있는 고대 문자가 가리키는 대로 돌을 몇 번 두들기자 바닥이 움직이며 공간 하나가 드러났다.

어떻게 만들었는지 모르겠지만 전혀 틈이 없었던 바닥에 회전문 장치가 되어 있었다. 지하로 내려가자마자 바닥의 돌은 원래대로 돌아갔고, 누가 이곳에 오더라도 알아채기

어려울 것 같았다.

지하는 돌을 깎아 만들어진 통로였고, 천장에는 희미하게 가로등 역할을 해 주는 마나석이 아직까지 빛을 잃지 않고 내부를 비춰 주었다.

얼마나 걸었을까?

통로는 상당히 길어 보였다.

실제로 긴 것인지, 아카드의 몸 상태가 좋지 않아 길게 느껴지는지는 잘 모르겠지만, 짧은 거리가 아닌 것은 확실하다.

30분 정도 걸었을까?

끝이 보이기 시작했다.

통로의 끝에는 하나의 거대한 돌문이 위용을 자랑했다. 아카드가 손끝에 정령의 마나를 모아 문에 손을 대자마자 스르르 소리를 내며 위로 올라갔다.

문이 열리고 아카드는 안에 들어서자마자 천장을 쳐다보았다.

신기하게도 끝이 보이지 않는 천장 위에서 내부의 중앙에 빛줄기가 쏟아졌다. 빛줄기가 쏟아지는 공간 한가운데 놓여 있는 돌판 위에 사람이 누워 있었다.

아카드가 다가가 살펴보자 40대 중년인으로 보이는 사내였다. 모건 백작과 나이가 비슷해 보일 정도다.

그런데 뭔가 이상한 점을 발견했다.

이곳이 샤피르의 유적이 확실하다면 이 사내는 도대체 누구란 말인가? 숨을 쉬지 않는 것으로 보아 죽은 것이 분명한데 어떻게 부패하지 않았을까?

아카드가 중년 사내 앞으로 걸어갔다.

사내의 머리맡에 명패 하나와 함께 두루마리 하나가 놓여 있었다.

> 단신으로 암흑 교단의 사도 둘을 죽이고 흑마법사들의 침략을 막은 샤피르. 마지막 정령사이자, 최강의 용사인 그의 몸 이곳에서 잠들다.

"샤피르 본인이라고?"

아카드는 놀란 표정으로 사내의 몸을 살펴보았다.

호탕한 인상으로 추측되는 사내의 몸 주변으로 나무를 만졌을 때 느껴졌던 마나가 흐르고 있었다.

그리고 옆에 적힌 문장은 같은 정령사로서 아카드의 마음을 흔들었다. 잠시 샤피르의 모습을 뚫어지게 쳐다보던 그는 옆에 놓여 있는 가죽으로 만든 양피지를 집어 들었다.

> 죽음이 머지않은 것 같다.

하지만 미련은 없다.

오히려 흑마법사가 아닌 친구의 손에 죽어 얼마나 다행인지 모른다. 그 친구 또한 어린 정령사들을 지키기 위해 어쩔 수 없이 나를 죽여야 했을 것이리라.

어린 정령사들을 지키기 위해 나는 암흑 교단과 싸우는 쪽을 선택했고, 그 친구는 정령사들을 데리고 암흑 교단에 투항하는 쪽을 선택했다.

두 사람 중 누가 옳은 것인지 지금은 알 수 없다.

후대에 정령사가 존재한다면 나의 선택이 맞을 것이고, 정령사가 사라진다면 그 친구의 선택이 옳은 것이겠지.

다만 후회되는 것은, 정령사의 영원한 숙제를 다 풀어놓고 결과를 보지 못한다는 것이 너무 아쉽다.

양피지 뒷면에 정령사가 영원히 풀지 못한 난제에 대한 해답을 적어 놓았으니, 만약 후대의 정령사가 이 글을 보게 된다면 반드시 친구에게 고맙다는 말 한 마디는 해 줬으면 한다.

아카드는 두루마리를 뒤집었다.

샤피르의 유언대로 뒷면에는 또 하나의 긴 글과 과정들이 빽빽하게 적혀 있었다.

정령사는 왜 하나의 정령만 키울 수 있는가?

풀리지 않는 난제를 풀기 위해 정령사들은 수백 년간 수많은 노력을 했다. 마법을 익히거나 검술을 익힌 선배 정령사들도 있다.

하지만 결과는 항상 똑같았다.

'4대 정령과 계약할 수는 있지만, 상급 정령으로 키울 수 있는 건 하나뿐이다.'라는 결과에 봉착했다.

해답을 찾지 못한 정령사들은 첫 정령과 계약하는 순간 몸속의 마나도 거기에 맞춰서 변한다고 결론을 짓고, 다른 성격을 가진 여러 정령들을 한 명의 정령사가 성장시키는 건 불가능하다고 여겼다.

하지만 죽기 직전, 암흑 교단에 투신한 친구 그로울리를 보며 의문을 가졌다.

첫 정령과 계약하는 순간 몸속의 마나가 변해 버린다면, 소환계 흑마법사로 변한 친구는 어떻게 마계의 생물들을 소환할 수 있단 말인가?

아무리 마족과 계약을 했다고 하지만, 이미 정령사였던 친구의 마나를 다 퍼내지 않는 이상 마나의 성격은 변하지 않아야 하지 않는가?

이곳에 갇혀 죽음을 기다리는 동안, 친구와 나는 어린 시절로 돌아가 이 난제에 대해 끊임없이 토론을 나누었다.

시간이 아까울 정도로 치열하게 논의를 한 결과, 해답이 될지 모르는 실마리를 잡을 수 있었다.

우리 두 사람은, 각자 자신이 가진 기운을 서로에게 나누고 소환시켜 보기로 했다. 그로울리는 나에게 흑마력을, 나는 그에게 정령의 마력을 주입시킨 후 각자 서로의 정령과 마족을 소환해 보기로 했다.

결과는 대성공.

몇 차례의 실수는 있었지만 난 하급 마족을 소환할 수 있었고, 흑마법사로 변해 버린 그로울리는 아직까지 내가 준 정령의 마법을 이용해 하급 바람의 정령을 소환할 수 있었다.

하지만 기쁨도 잠시.

소환에 성공하자마자 지금까지 기다려 줬던 죽음의 시간이 예고도 없이 다가왔다. 암흑 교단의 흑마법사들과 기사들의 암습에 나의 육체는 점점 망가져만 갔다.

끊임없는 추격을 피하느라 육체는 점점 지쳐 가고, 독으로 인해 망가진 육체 내부는 더 이상 회복되지 않았다.

이대로라면 한 달도 버티지 못할 상황이다.

나는 평생의 라이벌이자 친구였던 그로울리에게 마지막 부탁을 했다.

어차피 한 달 후면 죽을 목숨이니 우리 작품 하나를 만들어 보자고. 단시간에 4대 정령 모두를 최상급으로 성장시킬 수 있는 정령사를 한번 만들어 보자고 사정했다.

얼마 남지 않은 시간이지만 친구는 나의 뜻에 동참해 주었고, 최강의 정령사를 키워 내기 위해 밤새도록 서로의 지식을 내놓았다.

흑마법사의 지식과 정령사의 지식.

후대의 정령사여.

궁금하지 않은가?

우리들의 결과물이?

최강의 정령사가 되고 싶다면 나에게 스승의 예를 다하라.

그리고 조심스럽게 나를 들어라.

그리하면 우리들이 만들어 낸 결과물을 보게 될 것이니라.

"참! 이 양반도 생전에 말 많았을 거야. 핵심만 알려 주면 될 것을 이렇게 길게 적어 놓다니."

아카드는 양피지를 다 읽고선 불만스러운 표정을 지었다. 하지만 아쉬운 건 자신이지, 이미 죽어 버린 샤피르가 아니다.

아카드는 돌 제단으로 걸어가 샤피르 앞에 고개를 숙이고 무릎을 꿇었다. 그러고는 그의 말대로 조심스럽게 시체를 안아 올렸다.

"뭐야? 별거 없잖아?"

그때, 갑자기 샤피르의 눈이 번쩍 떠졌다.

시체라고 생각했던 그의 눈에서 네 가지 색깔이 뒤섞인 광선이 뿜어져 나왔다.

"뭐야?"

샤피르의 눈을 쳐다보는 순간, 네 색상의 빛이 아카드의 검은 눈동자 속으로 파고들었다.

"당했다!"

순간, 아카드의 몸이 천둥 벼락을 맞은 것처럼 부르르 떨리더니 힘없이 무너졌다. 동시에 그의 머릿속으로 힘이 넘치는 중년 사내의 목소리가 울려 퍼졌다.

속았다고 생각했겠지?

하지만 큰 선물을 받는 대가라고 생각하고 참아 주길 바란다.

뛰어난 재능을 가진 정령사가 상급 정령을 키워 내기 위해서는 최소 30년의 시간이 필요하다.

단순히 계산해도 4대 정령 모두를 상급 정령으로 만들기 위해서는 최소 120년이라는 시간이 필요하다.

하지만 악마의 종자들이 언제 대륙으로 쳐들어올지 모르는 상황에서 120년 동안 수련만 할 수는 없는 일.

흑마법사가 되어 버린 그로울리를 통해 흑마법사들 중 사도들만 익힐 수 있다는 정신계 마법진을 사용해 나의 지

식을 후인에게 전하고자 하니 너무 섭섭해 하지 말거라.

이 대법이 끝나는 순간, 나의 모든 지식이 그대의 것이
될 것이다.

하지만 명심하라.

내 지식이 자네에게 흘러갔다고는 하나, 그것을 완전히
자신의 것으로 만들기 위해서는 피나는 노력이 필요하다는
것을.

그리고 부탁한다.

친구 그로울리가 힘든 상황에 처한다면, 반드시 한 번만
이라도 도움을 주기 바란다.

샤피르의 대법이 끝나자마자 아카드의 눈은 스르르 감겼
다. 방대한 양의 지식이 들어오는 것을 견디지 못하고 정신
을 놓아 버린 것이다.

"사기꾼 새끼들……."

아카드는 샤피르의 시체를 노려보며 완전히 정신을 잃어
버렸다.

Chapter 5.

성녀의 탄생

　북쪽에는 다섯 개의 작은 왕국이 있었다.

　그러나 대륙 전쟁 때 진 제국의 침략에 현재 북쪽에는 두 개의 왕국밖에 남지 않았다. 진 제국이 두 나라를 건들지 않은 이유가 있었다.

　두 왕국의 위치 때문이다.

　각각 진 제국 북서쪽과 북동쪽에 위치하고 있는 두 왕국은 죽음의 대지와 진 제국 사이의 완충지대 역할을 하고 있었다.

　위험은 나누라는 격언이 있다.

　진 제국에서는 보잘것없는 왕국을 차지하는 것보다, 언

제 터질지 모르는 암흑 교단을 함께 방어하는 것이 더 이득이라고 생각했다. 차라리 위성국가로 만들어 전초기지 역할을 하는 것이 훨씬 경제적이었다.

두 왕국도 진 제국의 결정에 쌍수를 들며 환영했다.

공국으로 격하된다는 단점이 있었지만, 진 제국으로부터 국방 지원을 받을 수 있고, 매년 일정 기간 동안 강병을 주둔시켜 준다는데 거부할 이유가 없었다.

왕국에서 공국으로 격하된 두 나라의 이름은 애드 공국과 디오르 공국.

두 공국은 각각의 총인구가 100만에 불과했지만 병사 전환율이 높아 총병력은 20만이 넘었다. 거기에 각각 2만의 진 제국 병사들이 있으니, 아무리 악명 높은 암흑 교단이라 할지라도 충분히 막아낼 수 있으리라 생각했다.

특히 진 제국 북서쪽에 위치한 애드 공국은 철벽을 자랑하는 요새였다. 건국 이래 지금까지 총 열 번이 넘는 침략 속에서도, 그들은 한 번도 요새가 뚫린 적이 없었다.

시간이 지나고 인구가 늘어나면서 지금은 요새라고 부르기 힘들 정도로 커졌다. 그러나 성벽은 더욱 커졌으며, 진 제국의 지원으로 요새 주변에는 흑마법에 대한 면역력을 높여 주는 주술진까지 걸려 있었다.

하지만 최근 인구가 부쩍 늘어났다.

석 달 사이에 총인구는 120만으로 늘어났다.

이유는 간단했다.

구울을 앞세운 암흑 교단의 침략으로 애드 공국으로 향하는 피난민들의 줄이 끊이지 않았다. 디오르 공국이 험한 산악 지역에 위치하다 보니, 평지가 많은 애드 공국으로 한꺼번에 몰려든 것이다.

갑자기 몰려든 피난민으로 인해 애드 공국은 몸살을 앓았다. 수요가 넘치는데 공급이 부족하다 보니 물가는 자연스럽게 오르고, 치안 상태가 엉망이 되는 건 당연한 일이다.

이런 상황임에도 피난민을 받을 수밖에 없는 것이 애드 공국의 현실이었다.

애드 공국 내 진 제국 주둔군의 사령관이 다인 왕국 성기사로 바뀌면서부터다. 그는 교리를 내세우며 무조건적인 피난민 수용을 지시했다.

진 제국의 위성국가가 된 애드 공국 입장에서는 울며 겨자 먹는 심정으로 피난민을 받아들였다.

공국 총사령관 다이슨 후작과 신하들, 그리고 직접적으로 불편함을 느낀 공국의 백성들이 결사반대를 해도 소용없었다. 비상시 작전 지휘권이 진 제국 주둔군에게 넘어간 이상 들어줄 수밖에 없었다.

잘못된 지휘관의 명령으로 인해 애드 공국의 불만은 점점 커지고 있었다.

＊　　　＊　　　＊

"사령관님, 큰일 났습니다."

단잠을 자고 있던 루텐 남작은 갑작스레 침실 밖에서 들려오는 목소리에 잠이 깼다. 단잠을 깨워서인지 남작의 얼굴에는 불만이 가득했다.

그는 어제까지 공국 총사령관인 다이슨 후작과의 신경전을 벌인 후, 오랜만에 꿀맛 같은 단잠에 빠져 있는 중이었다. 자신을 깨운 사람이 같은 교회 출신이 아니었다면 당장 호통을 쳤을 것이다.

"무슨 일인가? 새벽에 나를 깨우다니."

"큰일 났습니다. 밖으로 나와 보셔야겠습니다."

"도대체 무슨 일인가? 설마 요새 밖에 구울이라도 쳐들어왔단 말인가?"

"맞습니다. 구울들이 모습을 보이고 있습니다."

"말도 안 되는 소리! 성수가 뿌려진 땅을 구울 따위가 넘어왔단 말이냐!"

루텐 남작은 믿지 못하겠다는 표정으로 부하를 힐책했

다.

애드 공국에 오자마자 첫 번째로 한 일이 성수를 요새 주변에 뿌린 것이었다. 성수가 뿌려지면 흑마력을 가지고 있는 그 어떤 것도 넘어올 수 없다.

성녀의 축복을 받은 성수는 상성상 흑마력을 점점 갉아먹는 특성을 지니고 있기 때문이다.

"그것이 아니라, 요새 안에서 구울들이 나타나고 있습니다."

"뭐라? 요새 안에서? 요새가 무너지기라도 했단 말인가?"

"아무래도 피난민들 중 구울 감염자가 있는 듯합니다."

"그렇다면 가서 죽이면 될 것이 아니오. 피난민이 있어봐야 얼마나 된다고."

"그것이…… 숫자가 장난이 아닙니다."

"장난이 아니라니? 도대체 구울의 숫자가 얼마이기에 이렇게 호들갑을 떤단 말이냐! 주둔군 내에 머물고 있는 성기사를 보내면 금방 처리할 것이 아닌가."

진 제국 주둔군 중 성기사의 숫자는 200명.

구울 같은 하급 몬스터 2천 마리가 있다고 해도 빛의 마나를 가지고 있는 성기사들에게는 그리 어려운 상대가 아니다.

루텐 남작은 불쾌한 표정으로 다급해하는 노기사를 나무랐다.

"도무지 끝이 보이지 않습니다. 피난민들 중 반 이상이 구울에 감염된 것 같습니다."

＊　　　＊　　　＊

애드 공국 궁전 회의장에 모인 귀족들은 하나같이 얼굴이 창백하게 질려 있었다.

요새 안에 구울이 나타났다는 소식을 들은 지 며칠이나 지났다. 루텐 남작을 비롯한 성기사들이 구울들을 제거하고 있지만 도무지 숫자가 줄어들 기미가 보이지 않았다.

오히려 더 많은 구울들이 요새 외벽으로 몰려들고 있다는 소식이 계속 들려왔다. 성벽을 무너뜨리기라도 할 생각인지, 구울들은 성벽을 내리치거나 손톱으로 긁거나 밀며 수비병들을 위협하고 있다고 한다.

애드 공국 내 군사들을 지휘하는 귀족과 기사들이 한곳에 모였지만 입을 여는 자는 없었다. 어떻게 해결해야 할지 감이 잡히지 않았던 것이다.

회의장 중앙에서는 애드 공국 총사령관 다이슨 후작이 어두운 표정으로 부관들의 보고를 받고 있었다.

"일단 급하게 격리는 시켰는데……."

후작은 침통한 표정으로 입을 열었다.

"감염자를 구분할 수 없다는 게 문제요. 백성들 사이에 숨어 있는 감염자가 언제 구울로 변할지 모르는 일이오. 루텐 남작."

후작은 옆에 있는 주둔군 사령관 루텐 남작을 쳐다보았다. 며칠 동안 구울과의 전투로 얼굴이 수척해진 남작이 고개를 들었다.

"말씀하십시오. 후작님."

"감염자를 찾아낼 수 있는 방법이 있긴 한 겁니까?"

"현재로서는…… 없습니다."

루텐 남작이 괴로워하는 표정으로 고개를 흔들었다.

"원인은 파악이 되었소? 하나둘도 아니고 어떻게 몇만이나 되는 사람들이 비슷한 시기에 구울로 변할 수 있단 말이오."

"감염된 피난민들이 씻고 마시던 우물을 통해 감염된 것 같습니다."

갑자기 회의장에 있던 귀족 하나가 참을 수 없다는 듯이 화를 터트렸다.

"이게 모두 루텐 남작 당신 때문에 벌어진 일이 아니오. 피난민을 받아들이지만 않았어도 이런 일이 벌어지지 않았을 것 아니오. 어떻게 책임질 거요!"

"피난민들이 다 구울로 변해 이곳을 공격할지도 모르는데 두고 보고만 있으란 말이요! 당신들끼리 막아 보시오. 난 본국으로 돌아가겠소."

"누구 때문에 우리나라가 이 모양이 됐는데 도망치겠다는 거요?"

"도망? 말이면 단 줄 아나? 너 지금 뭐라고 했어?"

루텐 남작과 애드 공국 귀족들이 서로 삿대질하며 고성이 오갔다. 여기가 궁전 회의장인지 시장판인지 구분이 되지 않을 정도다.

"두 분 다 뭐하는 거요! 대책을 세워도 모자랄 판에 서로 남 탓만 하면 어쩌자는 거요."

참다못한 다이슨 후작이 둘 사이를 막아섰다. 회의장에 있던 다른 귀족과 기사들도 일제히 한숨을 내쉬었다.

"루텐 남작. 진 제국에 이 소식을 알렸습니까? 뭔가 지원이 있어야 할 것 같은데."

"지원은 오지 않습니다."

진 제국 주둔군 사령관 루텐 남작은 힘들어하는 얼굴로 설명을 이어갔다.

"10만에 가까운 구울이 진 제국 수도 앞까지 몰려들었다고 합니다. 그쪽도 지금으로서는 병사를 나눌 겨를이 없을 겁니다."

"어허! 교회에서는요? 오백 년 만에 성녀가 등장했다는 소문이 자자하던데. 루텐 남작이 성기사시니 직접 성녀께 도움을 부탁드리면 안 되겠습니까?"

"교회도 내부 상황이 복잡해서 지원은 어렵지 않나 싶습니다."

"도대체 가능한 게 뭡니까? 이대로 백성들이 구울로 변하는 걸 구경만 하자는 겁니까?"

분을 참을 수 없다는 듯이 한 귀족이 소리쳤다.

"우리 공국이 망하게 생겼는데 교회 내부의 사정이라니? 어디 얼마나 대단한 사정인지 들어나 봅시다."

다이슨 후작이 지푸라기라도 잡는 심정으로 간청하자 모두의 시선이 성기사 루텐 남작에게 향했다.

"그것이 말입니다……."

루텐 남작은 한숨을 푹 쉬며 다인 왕국 내 교회 내부 사정에 대한 이야기를 꺼내기 시작했다.

* * *

암흑 교단의 교주 소로스.

북쪽 대륙을 공포로 몰아넣고 있는 교주 소로스는 아무

도 모르게 남쪽 대륙으로 넘어가고 있었다.

예상대로 구울 하나로 인해 북쪽 나라들은 붕괴 직전 상태까지 왔다. 기하급수적으로 증가하는 구울들이 진 제국으로 몰려들고 있는 가운데 소로스는 홀로 다인 왕국으로 넘어가고 있었다.

온건파를 쳐내고 모든 흑마법사를 다스리는 교주임에도 불구하고 그의 곁에는 아무도 없었다. 교단을 수호하는 무시무시한 암흑 기사들의 호위도 없었다.

어쩌면 거추장스러웠는지도 모르겠다.

교단 내 온건파 흑마법사들을 제물로 바쳐 마계의 공작을 불러냈고, 그와 계약하여 인간의 몸으로 드래곤에 필적하는 9단계 마법을 달성했다.

마계의 공작 탈리온과 계약하는 순간 소로스의 몸은 반마족으로 바뀌었다. 그의 말 한 마디면 마계 소환진을 통해 수많은 마물들이 쏟아져 나올 정도의 권능을 마계 공작에게 얻은 상태다.

마물들을 소환하면 좀 더 빠르게 대륙 정복을 이룰 수 있음에도 소로스는 그러지 않았다.

마물을 소환하려면 막대한 마력을 일으켜야 하는데, 소로스가 깃들어 있는 육체가 버티질 못하는 것이다.

처음에는 그로울리의 육체를 뺏으려고 했다. 무리를 하

면서까지 제2 사도이자 친구였던 그를 잡아들인 이유가 육체를 옮겨 타기 위해서였다.

자신이 하는 일에 사사건건 방해하는 그로울리를 곧바로 죽이지 않고 고문하는 이유 역시 바로 이 때문이다.

원래의 계획은 고문을 통해 그로울리의 정신력이 약해지면 세뇌 마법으로 이지를 제압해 육체를 갈아탈 생각이었다.

하지만 실패했다.

당연히 인간인 줄 알았던 그로울리의 정체는 알고 보니 엘프였다.

정확하게는 타락한 다크엘프.

"엘프들 일에 앞장설 때부터 알아봤어야 했는데."

소로스는 그로울리가 엘프라는 사실을 몰랐다. 소로스뿐만 아니라 교단 내의 누구도 그로울리가 엘프라는 사실을 모르고 있었다.

그로울리는 엘프와 정령사들을 살리기 위해 교단에 들어와 스스로 배신자를 자청했던 것이었다.

"이런 개 같은 일이!"

쾅!

소로스는 시체가 된 그로울리의 머리통을 박살 내 버렸다.

'아카드. 그 자식을 찾아야 하는데.'

결국 소로스는 목표물을 아카드로 바꾸기로 결정했다. 소드 마스터 모건과 신녀 지수란의 혈통을 이어받은 데다가 정령사가 된 아카드의 육체야말로 이상적이라고 생각했다.

하지만 아카드는 행방불명된 상태다.

육체 갈아타는 것을 후일로 미룬 소로스는 먼저 급한 일을 처리하기 위해 남쪽으로 향했다. 북쪽의 공격을 구울이 맡고 있으니, 자신은 변수만 처리하면 천 년의 한을 풀 수 있을 것이라고 확신하고 있었다.

"이 시점에 성녀의 탄생이라니. 은행장 시절에 교회의 인물을 포섭해 둔 게 이럴 때 쓰일 줄이야."

＊　　　＊　　　＊

다인 왕국의 수도 컨투어.

다른 나라와는 다르게 다인 왕국 수도 안에는 또 하나의 도시가 있었다.

교황청 베스티유.

교회의 나라라는 명성에 걸맞게 수도 중앙에는 하얀 벽돌로 둘러싸인 커다란 성 하나가 위용을 자랑하고 있었다.

항상 성지순례를 위해 시끌벅적해야 할 교황청은 적막함으로 어둡게 가라앉아 있었다. 몇 달 전부터 모든 방문을 금지하면서 교황청을 수호하는 성기사들의 얼굴에 팽팽한 긴장감이 감돌았다.

교황청의 대성전.

교회의 중요한 대소사를 처리하는 대성전 안에서는 명망 높은 추기경들과 대주교들이 한 여인을 둘러싸고 있었다.

외모만으로도 사람들을 압도할 정도의 미모를 가진 여인의 몸에서 휘황찬란한 빛이 뿜어져 나왔다. 멀리서 보아도 성스러워 보이는 빛에 몇몇 사제들은 자신도 모르게 본능적으로 그 여인을 향해 고개를 숙였다.

마치 하늘에서 내려오는 듯한 빛은 그녀의 몸을 휘감아 그녀를 신이 보낸 성모처럼 보이게 만들었다.

"성녀라니! 도저히 믿을 수 없다."

윌슨 왕국의 추기경 엘런이 자신도 모르게 속마음을 뱉었다. 그는 신앙과 희생보다는 정치력과 인맥으로 추기경의 자리까지 오른 인물이다.

신성력이라고는 손톱만큼도 없음에도 그가 7명의 추기경 중 한 자리를 차지할 수 있었던 배경에는 전임 교황인 양아버지의 힘이 있었다.

그는 양아버지의 배경과 상속받은 재산으로 중요 인물들

을 포섭했다. 교황청 내 핵심 인물들을 자기 정보원으로 삼는가 하면, 7명의 추기경들 중 5명의 지지를 약속받았다.

엘런 추기경은 차기 교황으로 자신이 선출될 것을 조금도 의심하지 않았다.

그러나 몇 달 전, 큰 변수가 생겼다.

현 교황 페드로 3세가 감히 한 여인을 금녀의 구역인 교황청으로 초대한 것이다. 그러고는 충격적인 소식을 발표했다.

성녀라니.

차기 교황 후보로 꼽히던 엘런 입장에서는 찬물을 뒤집어쓴 기분이었다.

'안 돼! 절대 인정할 수 없다!'

성녀는 제사를 주관하고, 교황은 행정을 주관하는 것이 교회의 원칙이다. 하지만 신성력을 지닌 여아들이 암흑 교단의 암살로 점점 사라지면서 교황이 제사까지 주관하는 교황 일인 체제로 바뀌었다.

이런 상황에서 성녀를 인정해 버리면 교황의 힘은 반으로 줄 수밖에 없기 때문에 차기 교황으로 손꼽히는 엘런 추기경은 이 상황을 절대 받아들일 수 없었다.

"눈으로 보고도 믿을 수 없다니. 엘런 추기경은 이 여인의 몸에서 뿜어지는 신의 권능이 보이지도 않는단 말인가?

지금 발언은 신성모독으로 몰릴 수도 있음이야."

교황 페드로 3세는 노한 표정으로 엘런 추기경을 나무랐다. 신성력을 부정한다는 것은 교회에서는 이단으로까지 몰릴 수 있는 중죄에 속한다.

교황의 노기에 잠시 흥분했던 엘런 추기경이 입을 다물었다. 그는 자신의 옆에 있는 다른 추기경에게 도와 달라는 눈짓을 보냈다.

"성하. 엘런 추기경을 너무 나무라지 마십시오. 처음 보는 광경이라 당황했나 봅니다."

엘런 추기경을 교황으로 밀어주는 대가로 교황청 국무원장 자리를 약속받은 추기경이 나섰다. 디오르 공국의 추기경 맥퍼슨이라는 자였다.

"죄송합니다. 제가 너무 성급했습니다."

엘런 추기경은 자신을 못마땅하게 쳐다보는 교황에게 고개를 숙였다.

"에레나 양. 주신의 축복을 받게 된 것을 축하드립니다. 어지러운 세상에 성녀가 나타났다는 것은 교회뿐만 아니라 이 아스테리아 대륙의 축복입니다."

"감사합니다."

옥구슬 흘러가는 맑고 청아한 목소리의 주인공은 에레나. 그녀의 짧은 말 한 마디에 대성전 전체에 청량한 기운이 감돌았다.

'외모로 따지면 성녀가 아니라 여신이라고 해도 믿겠어. 하지만 교황 성하. 이번에는 실수한 것 같소이다.'

맥퍼슨 추기경은 에레나가 성녀라는 것을 믿지 않았다. 만약 진짜 성녀라고 해도 인정할 생각이 없었다.

"오백 년 만에 교회에 성녀가 출현했다는 사실은 암흑 교단의 등장으로 두려움에 떨고 있는 사람들에게 큰 희망이 될 것입니다. 하지만 그렇기 때문에 좀 더 신중해야 할 필요가 있지 않을까요?"

맥퍼슨 추기경이 한 걸음 앞으로 나서며 이의를 제기했다.

"맥퍼슨 추기경. 자네도 눈앞에 있는 주신의 능력을 믿지 못한다는 건가?"

교황 페드로 3세가 노한 음성으로 맥퍼슨을 추궁했다.

"그럴 리가요. 중대한 사안이니만큼 좀 더 신중할 필요가 있다는 것이지요."

"그렇습니다. 철저한 검증이 필요합니다."

"진짜 성녀라면 증거를 보여 주십시오!"

맥퍼슨 추기경의 말이 끝나기 무섭게 다른 추기경들이 그의 말에 힘을 실어 주었다. 여기 참석한 대부분의 고위 성직자들이 엘런 추기경에게 미래를 약속받은 자들이다.

"이런 믿음이 부족한 자들을 보았나!"

교황이 소리를 쳤지만 그들은 자신의 태도를 바꾸지 않았다. 마치 에레나를 사기꾼 보듯이 노려보고 있었으며, 일부는 당장이라도 증거를 보여 주지 않으면 종교 재판에 넘길 태세다.

"맥퍼슨 추기경. 자네들이 원하는 게 뭔가?"

교황은 가슴을 두들기며 한탄했다.

"경전에 보면 성녀의 몸에는 반드시 신이 내린 상처, 즉 성흔이 생긴다고 들었습니다. 만약 이 아가씨가 진짜 성녀라면 우리에게 성흔을 보여주십시오."

맥퍼슨 추기경은 비릿한 웃음을 지으며 자신의 요구를 말했다. 그러자 다른 사제들도 일제히 보여 달라며 소리쳤다.

'어떻소? 나의 계획이?'

'역시 대단하십니다. 차기 총무원장다운 지혜십니다.'

맥퍼슨 추기경이 누군가를 향해 눈짓을 했다. 그러자 방금 전까지 일그러진 표정으로 있던 엘런 추기경이 환한 얼굴로 화답했다.

교회의 경전에 따르면 성녀임을 증명하는 상처는 여인의 등에 나타난다.

하지만 이곳은 사내들만 머무는 교황청.

지금 당장 성녀라는 것을 증명하기 위해서는 옷을 벗고 사제들에게 등을 보여야 한다. 그가 노린 것이 바로 이것이다.

'옷을 벗는 순간 네년은 음란한 년으로 낙인찍힐 것이고, 보여 주지 않으면 거짓을 말한 죄로 화형당할 것이다.'

다른 성직자들도 에레나에게 적대적인 시선을 보이며 그의 뜻에 동조했다. 막대한 권력을 누리고 있는 고위 성직자들에게도 성녀의 출현은 별로 달갑지 않은 일이었다.

그때였다.

지금까지 한 마디도 하지 않았던 에레나가 고위 사제들을 향해 입을 열었다.

"음란하고 무례하군요. 결혼도 안 한 처녀에게 옷을 벗으라니, 당신들 진짜 추기경 맞나요?"

"다…… 당신? 감히 신의 대리인에게 당신!"

맥퍼슨 옆에 있던 엘런 추기경이 발끈하며 나서려고 했다. 그러나 에레나는 단박에 말을 잘라 버리며 추기경들을 향해 걸어갔다.

"신의 대리인? 웃겨서 말도 안 나오네."

에레나는 엘런 추기경 앞으로 다가갔다. 그러고는 품에서 뭔가를 꺼냈다. 검은 가죽으로 만들어진 네모난 책이다.

책에서 엘런 추기경의 이름을 발견한 그녀는 차가운 눈

동자로 노려보았다.

"엘런 추기경. 귀족 자제들에게 성직매매를 알선하고 30만 골드에 달하는 부정 축재를 저질렀네요. 그뿐만 아니라 교회 물품의 가격을 부풀리는 방법으로 10년 동안 80만 골드 이상의 돈을 챙겼네요. 그렇게 챙긴 더러운 돈은 사촌동생 마이클의 이름으로……."

"무슨 개소리를……! 당장 신성모독죄로 이년을 잡아들이시오!"

엘런 추기경이 고함을 쳤다. 얼굴이 벌겋게 달아오른 채 손가락질하는 그의 모습은 누가 봐도 당황하는 기색이 역력해 보였다.

"성녀의 말이 사실이 아니란 말이지?"

"당연하지 않습니까! 저를 모함하려는 수작입니다. 당장 신성모독으로 화형시켜야 할 것입니다."

잠잠히 듣고 있던 교황이 엘런을 추궁했다. 그러자 엘런 추기경은 길길이 날뛰며 부정했다.

"교황 성하께서 성녀가 출현했다고 해서 잔뜩 기대했는데 미친년을 데려오시다니, 아무래도 성하께서 실수하신 것 같습니다."

곁에 있던 맥퍼슨 추기경도 지원사격을 했다. 그는 이 기회에 교황까지 추궁할 생각인지 매섭게 몰아 붙였다.

"정말 그렇게 생각하나? 맥퍼슨 추기경."

"성하께서 성녀 하나 내세워서 저희를 협박하시려는 의도는 잘 알겠습니다. 하지만 정도껏 하셔야죠."

맥퍼슨은 이 모든 일을 교황의 계략으로 몰아세우며 분위기를 이끌어 갔다. 다른 고위 사제들도 그럴듯한 그의 말에 동조했는지 교황을 의심스러운 눈빛으로 보려는 순간.

"당신은 그 유명한 맥퍼슨 추기경이군요. 어디 보자."

에레나는 검은 책에서 맥퍼슨 추기경에 관한 정보를 보는 순간 고운 아미를 찌푸렸다. 차마 자신의 입으로 말하기 싫은지, 그녀는 책을 교황에게 넘겼다.

"교황 할아버지. 이건 도저히 제 입으로 못 읽겠는데요? 할아버지가 대신 읽어 주세요."

엘런과 맥퍼슨이 세력 싸움으로 몰아가려는 분위기를 조성한 탓에 굳어 있던 교황이 책을 받았다. 검은 책에 적힌 맥퍼슨 추기경에 관한 내용을 보는 순간 교황 페드로 3세가 눈을 부릅떴다.

"맥퍼슨, 네 이놈! 추기경이라는 놈이 부정 축재도 모자라 첩이 다섯 명에다가, 처녀인지 확인한다는 명목 하에 아녀자를 겁탈해? 이런 죽일 놈을 봤나!"

맥퍼슨 추기경의 얼굴이 하얗게 변했다. 자신의 치부까지 조사한 것에 대해 뜨끔한 표정이지만, 부패한 성직자답게 얼굴에 철면피를 두르며 시치미를 뚝 뗐다.

"교황 성하. 저런 근본도 없는 년의 말을 믿으시는 겁니까? 모두 다 거짓입니다! 거짓!"

"신의 대리인이라는 자가 저렇게 뻔뻔할 수가. 눈이 있으면 보아라. 이것이 무엇인지. 네놈들이 몰래 거래한 4대 상단들이 적은 치부책이니라!"

교황이 에레나에게 건네받은 책을 추기경들을 향해 던졌다. 추기경들이 얼른 그 책을 집어 들었다.

거기에는 맥퍼슨 추기경이 돈을 받은 날짜와 액수, 재산을 어떻게 빼돌렸는지에 관한 사실이 상세하게 기술되어 있었다.

얼마나 자세하게 나와 있는지 책에 적힌 대로만 조사하면 금방 찾을 수 있을 정도다. 거기다가 돈을 빼돌려 숨겨 둔 곳과, 그들의 부정 축재한 재산을 알면서도 눈감아 준 공무원들의 확인 도장까지 찍혀 있었다.

"이리 내 봐!"

"잠깐만 보고 준다니까!"

성스러워야 할 대성전이 시장통으로 바뀌는 것은 순식간이다.

고위 사제들은 혹시나 자신의 치부가 적혀 있을까 봐 책을 향해 벌 떼같이 달려들었다. 자신의 이름을 확인한 몇몇 고위 사제들은 페이지를 찢어서 입으로 삼키기까지 했다.

"그거 한 부가 아닌데."

에레나의 말에 소란스러웠던 대성전이 일순간에 조용해졌다. 그들은 그녀의 손에 들린 또 다른 책에 시선이 집중된 채로 몸이 굳었다.

"할 말 있으신 분?"

에레나가 가지고 있던 두루마리의 정체는 과거 제국은행 비밀 금고에서 찾아낸 대륙 유명 인사의 비밀 장부다. 거기에는 귀족과 왕족의 이름도 있었지만, 각 대륙에서 왕 못지않게 권력을 행사하는 추기경들의 비리도 방대하게 적혀있었다.

아카드는 비밀 장부를 토마스에게 건네주며, 에레나에게 혹시나 있을지 모를 교회의 핍박에 대응하도록 지시했다.

'할아버지. 이 정도면 성녀의 마법을 배우는 대가로 충분한 것 같죠?'

에레나는 이 장부로 교황 페드로 3세와 거래했다.

교회에서 각종 이권 사업에 개입해 비리를 저지르는 고위 사제들을 척결해 주는 대신, 성녀라는 족쇄를 채우지 않기로.

"성기사들은 뭘 하고 있는가. 이 더러운 놈들을 당장 잡아가지 않고!"

교황의 호통에 문밖에서 대기하고 있던 성기사들이 대성전 안으로 들어왔다. 그들은 교황의 명에 따라 엘런과 맥퍼슨의 손발을 묶고는 거칠게 끌고 나갔다.

"성하. 억울합니다. 이건 누명이오!"

"여러분! 뭐라고 말 좀 해 보시오. 다들 왜 보고만 있는 거요."

대성전에 모인 고위 성직자들이 꿀 먹은 벙어리처럼 입을 꾹 다물었다. 자신들도 두 사람 못지않게 비리를 저질렀음에도 불구하고 치부책에는 별 내용이 없었다.

엘런과 맥퍼슨, 두 사람의 비리만 적나라하게 적혀 있을 뿐이다. 다른 사제들의 비리는 대부분 지워지거나 교회 내 가벼운 처벌로 끝낼 정도로만 적혀 있는 것이 아닌가.

'이건 경고다!'

대성당에 모인 다른 성직자들은 교황의 의도를 알아챘다.

'두 놈은 본보기다. 네놈들의 비리도 다 알고 있으니 알아서 처신해라.'

교황은 그동안 엘런 추기경에게 줄을 섰던 고위 성직자들에게 선택을 강요하고 있었다. 당장 썩은 동아줄을 끊어 버리라고.

"성하. 한 번만 살려 주십시오. 다시는 그러지 않겠습니다."

"자비로운 신의 마음으로 한 번만 용서를⋯⋯."

교황은 단호하게 고개를 저었다.

교황청의 실세로 군림하던 두 사람의 절규에 다른 성직자들은 고개를 돌려 버렸다. 그들은 교황의 눈치를 보며 명확하게 자신의 뜻을 밝혔다.

"이놈들. 내가 잡혀가면 네놈들이라고 무사할 줄 아느냐."

"내 반드시 살아서 돌아올 것이야."

두 사람은 입구까지 끌려가는 와중에도 발악을 했다. 온몸을 비틀며 몸부림치는 그들의 눈에 에레나가 들어왔다.

"감히 네년이 날 모함해? 그러고도 무사할 줄 아느냐?"

"끝까지 반성하는 모습은 보이지 않는군요."

에레나는 싸늘한 표정으로 두 사람에게 다가갔다. 그녀는 한쪽 손을 하늘로 치켜들었다. 그러자 신성력이 그녀의 손가락으로 몰려들기 시작했다.

우르르! 쾅! 쾅!

손가락에 몰려 있던 신성력이 하늘로 치솟더니 천장에서 굉음이 치솟았다. 여러 갈래로 퍼진 빛줄기들은 커다란 망치의 형상으로 뭉쳤다.

"빛의 심판! 성녀의 세 가지 권능 중 징벌의 능력이다!"

"정녕 주신께서 성녀를 내려 보내셨단 말인가."

에레나의 행동을 본 대주교들이 소리쳤다. 그동안 그녀가 성녀라는 것을 믿지 않았던 성직자들도 망치의 모습을 보자마자 엎드리며 주신의 이름을 불렀다.

"평생 속죄하는 마음으로 사세요."

에레나의 말이 끝나자마자, 대성당 천장에 있던 망치가 두 사람을 향해 떨어졌다.

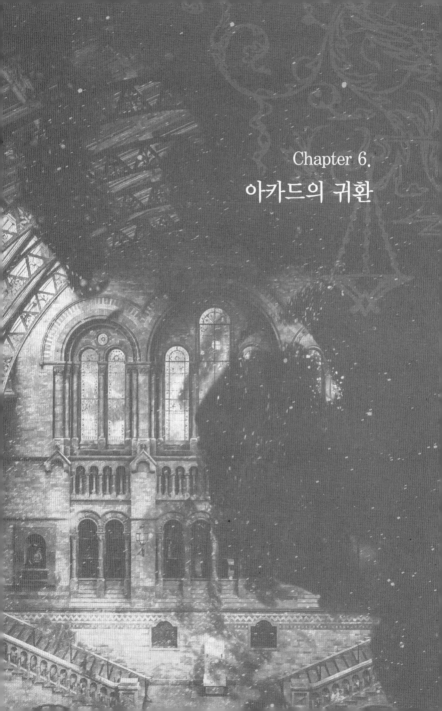

Chapter 6.
아카드의 귀환

한 무리의 흑마법사들이 샤피르의 유적이 있는 무인도에 발을 디뎠다. 그들은 섬을 구석구석 조사하며 무언가를 찾고 있었다.

그들의 정체는 온건파 흑마법사들과 금서 파수꾼들.

사도 그로울리의 마지막 명령을 받은 흑마법사 로빈은 금서 파수꾼들을 데리고 교단을 탈출했다.

암흑 교단의 추격이 거세었지만, 대륙 최북단에서 동쪽까지 사선으로 횡단하며 도망쳤다.

"이곳이란 말이지?"

로빈은 중얼거리며 걸었다.

안정된 걸음걸이로 걷고 있지만, 그를 오래 봐 온 사람이라면 그가 초조해한다는 것을 알 수 있을 것이다.

"정령의 흔적이 남아 있는 것을 보면, 아직 이곳을 떠나지 않은 것이 분명한데."

자신의 손을 쳐다보던 로빈의 미간이 찌푸려졌다.

그의 손에서는 정령사의 흔적을 추적하는 나침판이 어지럽게 돌아가고 있었다.

"스승님의 말대로 오기는 했는데, 과연 정령사 하나로 암흑 교단을 막을 수 있을까?"

스승 그로울리는 금서 파수꾼들을 데리고 아카드에게 의탁하라고 명했다.

스승의 말대로 이곳에 오긴 했지만 로빈은 회의적이었다. 천 년을 웅크린 암흑 교단을 정령사 하나가 막을 수 있다고는 생각하지 않았다.

아카드라는 인물이 지니고 있는 배경이 막강하기에 찾아가라고 한 것이 아닐까 추측할 뿐이었다.

'하지만 마냥 기다릴 수만은 없는데.'

로빈과 파수꾼들은 도망자 신세였다.

암흑 교단에서 금서를 차지하기 위해 눈에 불을 켜고 찾는 상황이다. 섬에서 마냥 기다리기에는 위험 부담이 너무 크다.

'시간이 없어. 일단 노틸러스 제국으로 피신하자.'

로빈이 파수꾼들을 부르려고 할 때였다.

갑자기 땅속에서 갈라지는 소리가 들려왔다.

쩌적!

로빈이 눈을 부릅떴다.

'이거 왜 이래?'

부들부들!

그의 두 다리가 갑자기 덜덜 떨리고 있었다.

"도대체 왜?"

그는 의문이 담긴 시선으로 자신의 다리를 내려다보았다. 하지만 다리의 떨림은 쉽게 가라앉지 않았다.

떨림은 무릎을 타고 허리까지 올라왔다.

두두둑!

그 순간 로빈의 귀에서 무언가 미세하게 갈라지는 소리가 들렸다. 그가 고개를 숙여 바닥을 내려다보니 땅이 수십 갈래로 갈라지고 있는 것이 아닌가.

땅의 진동이 점점 심하게 울려 퍼졌다. 동시에 아래에서 자신이 감당할 수 없는 엄청난 마나가 느껴졌다.

사도 로빈의 눈이 크게 떠졌다.

그의 눈앞에서 평평했던 바닥이 뒤틀리며 지진이 일어났다. 바닥에서 시작된 진동으로 인해 무인도 중앙에 솟아 있던 산봉우리가 둘로 갈라지고 있었다.

"크윽!"

흑마력을 끌어올려 바닥에서 올라오는 거대한 힘에 대항하던 로빈은 고통으로 인해 신음을 흘렸다.

우르르! 쾅! 쾅!

마침내 산봉우리가 반으로 쪼개졌다.

로빈은 바닥에서 올라오는 거대한 힘을 견디지 못하고 뒤로 날아갔다. 온갖 흙먼지를 뒤집어쓰고 주저앉은 그의 눈앞에 검게 빛나는 두 눈동자가 나타났다.

금서 파수꾼들이 다급하게 로빈의 앞을 막아섰지만, 검은 눈동자는 점점 가까워지고 있었다.

"손님이 있었군."

뿌연 먼지 속에서 들려오는 목소리에 로빈의 눈이 불안하게 흔들렸다.

꿀꺽!

로빈은 자신도 모르게 침을 삼켰다.

찰나에 불과한 일이었다.

하지만, 그의 몸은 똑똑히 기억하고 있었다.

'정녕 이것이 정령사의 힘이란 말인가?'

한참의 시간이 지났을까?

섬 전체를 뒤덮고 있던 먼지폭풍이 사라지자 사내의 모

습이 완벽하게 드러났다. 입고 있던 옷은 마치 걸레처럼 너덜너덜해져 있고, 군데군데 찢어져 팔꿈치와 종아리가 드러났다. 또한 얼마나 씻지 않았는지 사내의 몸은 시커먼 노폐물로 뒤덮여 심각한 악취를 풍겼다.

자신도 그걸 아는지, 그는 코를 킁킁거리며 바깥의 맑은 공기를 만끽했다.

"도저히 안 되겠네. 비실이 튀어나와."

사내의 작은 읊조림이 끝나기가 무섭게 허공에서 푸른빛이 강렬하게 뿜어졌다.

푸른빛이 조금씩 열리며 생겨난 틈새.

그 작은 틈새에서 튀어나온 물방울들이 허공에서 한 점으로 뭉쳐지기 시작했다.

구— 구— 구— 구—

괴인의 등장에 긴장했던 몇몇 흑마법사들은 자신의 귀를 의심했다. 틈새에서 들려오는 울음소리가 낯설지 않았다.

"뭐야? 저거 비둘기 아냐?"

"정령사라고 해서 엄청 기대하고 왔는데. 고작 소환한 게 비둘기라니."

휘이이익!

괴인을 향해 실망한 표정을 짓던 자들 중 하나가 힘껏 휘파람을 불었다. 일단 동료들을 모아 자신들의 거취를 논의할 모양이다.

휘파람 소리는 바람을 타고 무인도 구석구석으로 퍼져 나갔다.

이상한 것은 괴인의 태도다.

그는 휘파람 부는 자들을 흥미롭다는 듯이 바라보기만 할 뿐, 어떤 행동도 하지 않았다.

"당신이 아카드라는 분입니까?"

"좀 씻고 이야기하지."

로빈의 질문에 괴인은 잠시 손을 저었다. 그러고는 자신이 소환한 푸른 비둘기가 날아가려고 하자 한 손으로 모가지를 확 잡아챘다.

신기한 것은 비둘기를 몇 번 위아래로 흔들어재끼자 사내의 몸에 푸른 입자들이 생성되었다는 것이다. 미세한 입자들이 물방울이 되어 사내의 몸에 다가가자 붙어 있는 검은 노폐물이 녹아내렸다.

비록 산발을 하고 있어 얼굴을 알아볼 수는 없었지만, 금방 샤워한 것처럼 뽀송뽀송하고 탄력 있는 피부와 하얀 이빨의 상태로 볼 때 젊은 사내인 것을 알 수 있었다.

"미안. 정령들이 좋은 말로 하면 들어먹질 않아서."

온몸이 개운해진 것을 느낀 사내는 손에서 힘을 풀었다. 멱살을 잡혔던 푸른 비둘기는 놀란 듯이 푸다다닥 요란한 소리를 내며 공중으로 사라졌다.

"다시 묻겠습니다. 그대가 아카드가 맞습니까?"

씨익!

검은 머리카락의 사내가 하얀 이빨을 드러내며 웃었다. 암흑 기사들이 죽음의 기운을 풍기며 자신을 향해 다가왔지만 전혀 개의치 않는 눈빛이다.

"알고 온 것 같은데 새삼스럽게 왜 묻는 거지? 일단 한 판 하기 전에 질문 하나 하지? 지금이 봄인가?"

"초여름입니다."

"벌써 6개월이 지났나? 일단 알려줘서 고마워."

로빈의 대답에 사내는 예의바르게 인사를 했다.

그런 모습에 로빈은 물론 흑마법사들까지 혼란스럽다는 표정을 지었다. 자신들이 조사한 아카드라는 사람은 오만하기 이를 데 없는 사람이었다.

흑마법사들이 가장 두려워하는 소로스 앞에서도 당당했고, 그 누구에게도 고개를 숙인 적이 없었다. 적을 만들면 수단과 방법을 가리지 않고 망하게 만들었고, 절대 용서 따위는 하지 않는 사내다.

그랬기에 흑마법사인 자신들을 보자마자 공격할 거라고 생각했는데, 너무나 다른 반응이다.

산발에 가려져 있지만 외모는 영락없는 20대 청년 아카드였다.

샤피르와 그로울리가 함께 만든 마법진에 갇혀 있었던 아카드가 드디어 6개월 만에 바깥으로 빠져 나왔다.

그는 주변을 둘러보았다.

바람의 흐름이 고스란히 눈에 들어왔다.

예전 샤피르가 그랬듯 그는 최상급 정령사가 되어 있었다. 이 경지까지 오르기 위해 마법진 안에서 몇 번의 죽음을 경험했는지 모른다.

현실에서는 6개월의 시간이 흘렀지만, 마법진 속에서 아카드는 10년이 넘는 세월을 보냈다. 그 과정에서 샤피르의 노하우와 전투 방법을 체험하며 아카드의 몸속에 엄청난 변화가 일어났다.

마법진에서 샤피르의 마나를 흡수하면서 실리안과 라그니스는 물론이고, 그동안 정신의 방에 잠들어 있던 나머지 정령까지 최상급 정령으로 성장했다.

물의 정령 운다인은 그린 몬스터의 독성을, 땅의 정령 멀든은 모건 백작이 주입한 기사의 마나를 흡수하면서 단숨에 최상급 정령이 되었다.

변화는 정령에서 끝나지 않았다.

아카드의 신체에도 큰 변화가 생겼다.

모든 노폐물이 빠져나가고 육체가 마나 저장고로 바뀌면

서, 정령들이 가지고 있던 힘을 의지로 통제할 수 있는 경지에 올라 버렸다.

마법진을 만든 샤피르와 그로울리의 예상을 완전히 뛰어넘는 결과였다.

씨익!

아카드는 몸속에 충만한 정령의 마나를 느꼈는지 미소를 지었다. 지저분한 몰골에 산발이었으나 그의 얼굴은 무척이나 밝아 보였다.

하지만 로빈과 그를 따라온 온건파 흑마법사들에게는 섬뜩해 보이는 웃음이었다. 워낙 악명이 자자한 인물이기에 무슨 짓을 할지 몰랐다.

'스승님의 말씀대로 괴물이군. 이 정도면 소로스와 겨뤄 볼 수 있겠어.'

로빈은 그에게 의탁하기로 결심하고는 앞으로 다가갔다. 하지만 흑마법과 천적인 정령의 마력을 끊임없이 발산하는 탓에 쉽게 입이 떨어지지 않았다.

그런 로빈의 행동을 오해했는지 아카드가 웃으며 질문을 던졌다.

"나를 제거하기 위해 온 것이겠지?"

"오해……."

"선수끼리 오해는 무슨. 잠시만 기다려 주겠어?"

로빈의 말을 중간에서 잘라 버린 아카드는 몸을 돌렸다. 그의 앞에는 지진으로 인해 반쪽으로 쩍 갈라진 봉우리가 눈에 들어왔다.

그는 갈라진 틈으로 다가가 아래를 한참 동안 바라보았다. 깊은 어둠 아래에 잠들어 있을 샤피르가 마음에 걸렸는지 대지 정령의 힘을 끌어올렸다.

'그래도 명색이 스승의 무덤인데 이대로 놔둘 수는 없지.'

아카드의 손이 천천히 올라갔다. 그러자 땅 속에서 엄청난 진동이 느껴지며 지면이 흔들리기 시작했다.

우르르! 쾅! 쾅! 쾅!

지진으로 인해 벌어졌던 대지가 움직이면서 갈라졌던 봉우리가 서서히 틈새를 좁혀 나갔다. 그러고는 언제 그랬냐는 듯이 스스로 붙어 버렸다.

그 광경을 지켜보던 로빈의 눈이 부릅떠졌다. 뒤에 서 있던 금서 파수꾼들과 흑마법사들도 마찬가지다.

'어떻게 한 인간의 힘이!'

막연히 강할 것이라고 상상했지만, 이건 도를 넘어선 경지였다. 더구나 그들은 정령사에 대해 누구보다 잘 알고 있는 암흑 교단의 사람들이다.

암흑 교단 흑마법사들은 정령사로 인해 고대 전쟁에서

졌다는 복수심으로 정령사에 대해 철저히 조사했다. 또한 정령사를 잡기 위한 특별한 마법들을 개발하고 훈련해 왔다.

중급 정령사 정도는 로빈 혼자 나서도 능히 상대할 자신이 있었다.

하지만 그것은 착각이었다.

눈앞의 사내는 그동안 조사한 것과는 달리 괴물이 되어 있었다. 스승인 그로울리가 와도 감히 대적할 수 있을까 싶을 정도다.

로빈은 눈앞에서 아카드의 힘을 보고는 의심이 눈 녹듯이 사라지고 말았다. 인간의 힘으로는 절대 불가능한 일이 아카드의 손을 통해 벌어지고 있었다.

로빈과 금서 파수꾼들의 심장이 요동치기 시작했다.

'암흑 교단은 나한테 맡기시고, 이제는 편히 쉬십시오. 스승님.'

아카드는 원상 복구된 산봉우리를 향해 작별 인사를 고했다.

그러고는 뒤돌아보았다.

움찔하는 로빈과 금서지기들이 눈에 들어왔다.

"기다리게 해서 미안. 뭐 어떻게 해 줄까? 시간이 없으니 한꺼번에 덤비시지?"

살기라고는 전혀 느껴지지 않는 말투.

하지만, 로빈은 전신을 공포로 인해 부들부들 떨고 있었다. 분명 살기도 없고 상대는 웃고 있지만, 그의 본능은 끊임없이 경고하고 있었다.

"저, 정말 오해십니다. 저는 스승님의 명으로 당신을 찾아 왔습니다."

겁에 질린 로빈이 자신도 모르게 한 발자국 물러섰다. 금서 파수꾼들과 흑마법사들도 그의 주위에 몰려들었다.

"스승?"

"사도 그로울리 님입니다."

그로울리라는 말에 아카드는 잠시 움찔했다. 그는 끌어 올렸던 정령의 마나를 천천히 흘려보냈다.

"사실이야?"

아카드는 진위를 확인하려는 듯이 로빈을 뚫어지게 바라보았다.

"믿어 주십시오. 아카드 님을 만나기 위해 죽음을 각오하고 여기까지 찾아왔습니다."

"대체 왜?"

"아카드 님만이 암흑 교단으로부터 저희들을 지켜줄 수 있기 때문입니다."

"내가 번거롭게 당신들을 지켜줘야 할 이유가 있나?"

"금서 파수꾼이라고 들어보셨습니까?"

아카드가 대답 없이 고개를 끄덕였다.

"여기 계신 분들이 금서를 수호하고 계신 분들입니다."

"……."

"만약 저희가 암흑 교단에 잡혀간다면, 대륙에 큰 혼란이 일어나게 될 것입니다."

갑자기 아카드의 안색이 싸늘해졌다. 로빈의 대답에 뭔가 화가 난 것처럼 보였다.

"귀찮게 보호자 노릇 할 생각 없으니까 그냥 가. 대륙의 혼란 따위에 관심 없어."

로빈의 얼굴에 고뇌의 빛이 서렸다.

금서의 가치를 아는 아카드라면 당연히 자신들을 받아줄 줄 알았건만, 상대는 귀찮다고 한다. 그때 갑자기 스승의 말이 떠올랐다.

'아카드 백작은 철저한 상인이다. 자신에게 이익
이 생기지 않으면 절대 나서지 않는 자다.'

로빈은 다급히 말을 꺼냈다.

"저희가 가지고 있는 금서는 아카드 님에게 큰 도움이 될 것입니다."

"넘길 거야?"

"네?"

"보호하는 대가로 금서를 넘길 거냐고."

로빈은 고민에 빠졌다.

금서는 암흑 교단의 교주라 할지라도 함부로 가질 수 없는 위험한 물건이다. 금서 하나가 끼치는 영향이 그만큼 크고 위험하기 때문이다.

그런 이유로, 교단에서 금서를 사용하려면 사도들의 만장일치 협의가 있어야 한다.

하지만 지금은 그런 걸 따질 때가 아니다.

금서 파수꾼들의 목숨이 자신에게 달려 있는 만큼, 결단이 필요했다.

"만약 금서를 넘기지 않는다면 어찌하시겠습니까?"

"그렇다면 혼자 떠나야지. 번거롭게 당신들 보호자 노릇이나 하려고 개고생 할 필요가 없잖아?"

로빈은 잠시 침묵을 지켰다.

작게는 자신들의 목숨이 달린 일이고, 크게는 대륙의 판도를 바꿀 일이지만 상대는 전혀 관심이 없어 보였다.

로빈은 자신의 행동이 어떤 결과를 낳을지 모르지만 이자리에서 결단을 내렸다. 그가 조심스럽게 말을 꺼냈다.

"아카드 님. 만약 저희가 금서를 드린다면 어떻게 사용하실 생각이십니까? 자칫 이 물건이 세상에 퍼지면 혼란이 야기될 수도 있습니다."

"로빈 님!"

"어찌 그런 결정을 내리십니까? 지금까지 금서는 개인이 소유한 적이 없소이다!"

금서 파수꾼들은 깜짝 놀라 로빈을 말렸지만, 그는 이미 결심을 굳힌 상태였다.

"소로스에게 넘길 것이냐, 여기 있는 아카드 님에게 넘길 것이냐. 우리는 여기서 결정을 내려야 합니다."

"로빈 님!"

금서 파수꾼들과 그를 따라온 온건파 흑마법사들이 침통한 목소리로 울부짖었다. 하지만 로빈은 아무 대꾸 없이 아카드만 바라보았다.

"돈 버는 데 쓸 거야."

"세상은 혼란에 빠질 수 있는데도 말입니까?"

"누가 어떻게 쓰느냐에 따라 달라지겠지. 하지만 난 위험한 물건은 팔지 않아. 돈 될 만한 물건만 팔지."

"좋습니다. 금서를 아카드 님에게 넘기겠습니다. 대신한 가지 부탁이 있습니다."

"거래를 하시겠다? 조건을 말해 봐."

로빈은 굳은 표정으로 입을 열었다.

"교단에 잡혀가신 그로울리 님을 구해 주십시오."

아카드는 아무 말 없이 고개를 끄덕였다.

교단의 사도라고는 하지만, 그로울리는 자신에게 큰 은혜를 베푼 사람이다. 샤피르의 유적 위치를 가르쳐 준 이도 그였고, 유적에서 샤피르와 함께 마법진을 만든 이도 그였다.

은혜를 받은 이상 상대가 어려움에 처했다면 그냥 넘어갈 수는 없었다.

"좋아. 살아 있다면 반드시 구해 주지. 대신……."

아카드가 잠시 망설이는 모습을 보였다.

모두들 그가 어떤 말을 할지 몰라 긴장한 채로 바라보았다.

아카드는 손가락을 들어 자신의 옷을 가리켰다.

"옷 남는 거 있어? 급하게 만나야 할 사람이 있는데, 이 꼴로 돌아다니기가 그래서 말이지."

*　　　*　　　*

로빈 일행과 아카드는 무인도에서 헤어졌다.

그들은 유로스 산맥에 도착해 가신들과 합류하도록 했다.

그곳에서 암흑 교단 내부에 대해 정리해 자신에게 보내 줄 것과 금서의 물건들 중 전장에 도움이 될 만한 것을 개 발하도록 지시했다.

무인도에서 빠져나온 아카드는 홀로 마을을 찾아 움직였 다.

6개월이라는 시간 동안 아무것도 먹지 못한 상태다.

샤피르의 유적에서는 못 느꼈지만, 섬 밖으로 나오자마 자 위장이 요동을 쳤다.

로빈 일행과 헤어지고 홀로 떠난 삼일간의 여정 끝에 아 카드는 조그만 마을을 발견했다.

그는 식당으로 가자마자 성인 4인분에 해당하는 고기들 을 주문했다. 그것으로도 모자라 와인 한 병을 비우고서야 포만감을 느꼈다.

"십 년 만의 식사인가?"

여기 시간으로는 6개월이지만, 아카드가 겪은 시간은 10 년이다.

음식이 들어가자마자 그의 피부가 원래의 모습을 드러냈 다.

어두운 동굴 마법진에 갇혀 마나로 생체를 유지하느라 그의 피부는 창백했다. 장시간 햇빛을 보지 못했으니 당연 한 일이다.

아카드는 자신의 손을 더듬었다.

얼마 전까지 뼈가 보일 정도로 깡말랐던 피부가 서서히 부풀어 올랐다. 동시에 손가락에 수많은 흉터 자국이 드러났다.

모두 마법진에서 얻은 상처들이다.

"신기하군. 환상 속에서 얻은 상처가 현실에서도 그대로 적용되다니."

아카드의 검은 눈동자가 천천히 가라앉았다.

샤피르의 유산을 찾았을 때만 해도 이렇게 고통스러울 것이라고는 상상도 못 했다. 정령을 깨우는 방법과 노하우, 그리고 초보 정령사인 자신의 경지를 한층 끌어올릴 만한 무언가를 기대하며 들어갔다.

하지만 그것은 착각이었다.

무슨 수를 부렸는지는 모르겠지만, 샤피르와 그로울리가 만든 마법진은 자신의 기대가 먼지처럼 느껴질 정도로 방대한 것을 담고 있었다.

처음에는 샤피르가 보여 주는 정령을 다루는 법만 깨우치고 나올 생각이었다. 하지만 그럴 때마다 그의 마음을 잡고 있는 것이 있었다.

오백 년 전, 샤피르가 암흑 교단의 고위 흑마법사들과 사투를 벌이는 장면이 그의 발목을 붙잡았다. 인간이라고 볼 수 없을 만큼 신에 가까운 초월자들의 싸움은 아카드의 뇌리에 고스란히 박혀 버렸다.

이대로 마법진을 나가 버린다면 평생 후회할 것 같았다. 동시에 아카드 특유의 오기가 발동했다.

'샤피르도 이기는데, 내가 못 이길쏘냐! 저놈들 다 깨기 전까지 절대 나가지 않겠다.'

결국 그는 마법진에 남아 샤피르와 그로울리가 만들어 낸 가상의 적과 결투를 벌였다. 초급 흑마법사부터 교단의 사도까지.

두 사람이 알고 있는 교단의 강자들을 다 물리친 다음에야 아카드는 마법진 밖으로 나올 수 있었다.

놀라운 것은 마법진 안에서의 10년이 바깥세상에서는 6개월밖에 되지 않았다는 것이다.

"그녀는 뭘 하고 있을까?"

암흑 교단의 침략으로 대륙 전체가 흉흉하다.

하지만 아카드는 그런 것보다 에레나의 소식이 궁금했다. 그래서 지금 향하고 있는 곳도 다인 왕국이다.

"뜻밖이군. 진짜 그녀에게 성녀로서의 재능이 있을 줄이야."

로빈 일행에게 전반적으로 대륙에서 일어난 간단한 소식은 전해 들었다. 하지만 그중에서도 단연코 그를 놀라게 한 것은 에레나가 정식으로 성녀로 공표된 것이다.

단지 의아한 것은 한 번도 성녀 에레나가 모습을 드러내지 않는다는 것이다. 소문에 의해 성녀만이 익힐 수 있는 마법을 교육받고 있다는 것만 전해지고 있다.

"일단 만나 보면 알겠지."

헤어지기 전, 마지막 날 밤.

그녀와 입맞춤했던 순간이 선명하게 떠올랐다.

토끼처럼 놀란 표정으로 자신을 바라보는 눈빛.

아카드가 십 년 동안 마법진에서 수많은 사투를 벌이면서도 견딜 수 있었던 이유는 그녀였는지도 몰랐다.

"그나저나 연합군이 얼마나 버틸 수 있을까 걱정이네?"

*　　　*　　　*

암흑 교단과 싸우기 위해 길을 떠난 연합군은 진 제국에 들어섰다. 진 제국은 여전히 최북단 길목에 자리를 잡은 채 구울을 대동한 암흑 교단 선발대와 대치 중이었다.

연합군 장군들은 눈앞에서 진을 치고 있는 선발대를 곧바로 칠 계획이었다.

불과 성수에 약하다는 약점을 알아낸 이상 여유를 줄 생각이 아예 없었다. 이를 위해 대륙의 유명한 화염 마법사들과 교황청에서 파견된 성기사들이 연합군과 함께하고 있었다.

이 정도 전력이라면 아무리 구울의 수가 많다고 해도 두렵지 않았다.

거기다가 대륙에 존재하는 소드 마스터 30명 전부를 데리고 있으니, 암흑 교단 본진과의 정면 대결이라도 승산이 있다고 판단했다.

"정말 승산이 있겠소이까?"

애드 공국 총사령관 다이슨 후작의 얼굴에는 근심 걱정이 가득했다. 그도 그럴 것이, 구울에 감염된 피난민들을 받았다가 낭패를 당했기 때문이다.

공국의 백성들은 구울과의 전투로 반토막이 되었고, 그 과정에서 주둔군 사령관이자 성기사인 루텐 남작이 사망했다.

그로 인해 여기 있는 장군들 중 구울에 대한 공포가 누구보다 클 수밖에 없었다.

게다가 성 밖에 보이는 구울의 숫자는 어림잡아도 10만. 적의 전력을 완전히 파악하지 못한 상태에서 정면으로 싸우자는 것은 무모한 발상이었다.

하지만 연합군 장군들의 입에서는 다이슨 후작을 무시하는 발언이 이어졌다.

"겨우 구울 따위에게 설설 긴다는 것이 말이 됩니까? 한 방에 쓸어버리시지요."

"애드 공국이 구울에게 호되게 당했다는 소문이 사실인가 봅니다. 명장이라고 소문난 다이슨 후작이 저렇게 겁이 많을 줄이야."

하지만 다이슨 후작은 흥분하지 않았다.

미우나 고우나 이 병력은 최후의 보루.

연합군이 무너지면 더 이상 대륙에 희망은 사라진다. 그는 안간힘을 쓰며 연합군 장군들을 설득했다.

"눈에 보이는 것이 전부가 아닙니다. 더 무서운 것은 그들을 조종하는 흑마법사들입니다. 먼저 저들의 전력을 파악하고……."

쾅!

장군 하나가 탁자를 내리치며 일어났다.

"그나마 후작이라고 대우해 주려고 했더니 말이 통하질 않네. 정 겁나면 애드 공국은 빠지시오!"

"뭐요! 지금 뭐라고 했소!"

순식간에 연합군 사령부에 고성이 오고갔다.

진 제국과 애드 공국, 디오르 공국이 연합군과 마주 보며 싸우려는 순간 한 청년의 맑은 목소리가 두 진영을 갈라 버렸다.

"연합군은 움직이지 않습니다."

사령부 중앙에 앉아 있던 사내가 천천히 일어났다. 금발의 청년은 얼음 같은 표정으로 양쪽 진영을 번갈아 보았다.

청년이 일어나자 소란스러웠던 분위기가 일순간에 고요해졌다. 청년의 정체는 연합군 총사령관이자 노틸러스 제국의 재상 루시르 폰 클라우스.

"그럼 이대로 두고만 보고 있자는 말씀이시오!"

루시르 폰 클라우스는 불평을 드러내는 연합군 장수들을 향해 고개를 흔들었다. 그는 편지를 흔들어 보이며 확신에 찬 목소리로 말했다.

"한 사람이 선물을 들고 오겠다고 하는군요."

루시르 폰 클라우스는 연합군에 합류한 후, 처음으로 환한 표정으로 웃었다.

Chapter 7.

샤론 공주

　다인 왕국 국왕 그레고리 2세는 눈앞에 다소곳이 앉아 있는 자신의 딸을 바라보며 미소를 지었다.

　샤론 공주.

　그레고리 2세의 자식 중 유일한 딸이다.

　말년에 얻은 자식이라 나이 차이는 손녀뻘에 해당하지만, 엄연히 왕위 계승권을 가지고 있는 공주였다.

　"잘 해낼 자신 있느냐?"

　왕의 질문에 공주가 자신만만하게 웃었다.

　"걱정 마세요. 반드시 제 남자로 만들겠어요."

　딸의 대답에 그레고리 2세는 크게 만족하는 표정을 지었다.

18살에 불과한 딸자식이지만, 왕족으로 태어나서인지 주변 환경을 이용해 사람을 다룰 줄 안다. 또한 대세를 읽는 눈도 가지고 있다.

어제까지만 해도 딸을 곁에 두고 오랫동안 보고 싶었지만 상황이 급변했다. 노틸러스 제국을 넘어서 남대륙의 거물로 떠오른 아카드 백작이 다인 왕국을 방문하겠다고 통보해 왔다.

그레고리 2세는 반드시 아카드를 잡아야 한다고 믿었다. 그를 사위로 삼을 수만 있다면 교회를 몰아내고 다인 왕국을 진정한 왕권 국가로 만들 수 있을 것 같았다.

그만큼 아카드 백작의 영향력은 상상 그 이상이었다. 제국의 실권자를 넘어서 은행과 거대 상단을 자신의 것으로 만들었다.

그의 말 한 마디에 윌슨 왕국이 파산 지경에 이르렀고, 아무렇지 않게 왕을 갈아치워 버렸다.

어디 그뿐인가?

500년 만에 나타난 유일한 정령사라는 소문이 대륙 전역에 파다하게 퍼지고 있었다. 거기다가 바다의 황제라는 모건 해적단을 거느리고 있으니 어떤 세력이 덤벼도 아카드를 이길 수 없다고 확신했다.

'해적 주제에 괴물을 낳았군.'

교회의 기세에 눌려 허수아비 왕이라고 불리는 그레고리 2세에게는 아카드의 힘이 절실했다.

'앞으로 100년간 아카드 백작의 시대가 열릴 것입니다. 그를 잡을 수만 있다면 다인 왕국이 제국이 되는 것은 꿈이 아닐 겁니다.'

왕실의 꾀주머니로 불리는 테이트 재상의 보고를 듣자마자 그레고리 2세는 마음을 굳혔다. 처음에는 혼인까지는 생각하지 않았다.

클라우스 공작가의 영애 에레나와 사귄다는 스캔들이 사교계에 자자하게 퍼져 있었다. 두 사람이 깊은 관계라는 건 귀족 사회에서는 공공연한 사실이다.

하지만 에레나가 성녀로 공표되면서 상황이 급박하게 바뀌었다.

성녀는 평생 독신으로 살아야 한다.

자연스럽게 아카드와 에레나는 헤어질 수밖에 없는 사이다.

"앞으로 왕실의 미래와 다인 왕국의 미래는 네 손에 달렸다고 해도 과언이 아니다."

그레고리 2세의 말에 샤론은 자신감 넘치는 표정으로 고개를 끄덕였다.

"걱정 마세요. 아버지. 그를 반드시 제 사람으로 만들겠어요."

딸의 대답을 들은 그레고리 2세는 환하게 웃으며 고개를 끄덕였다. 대륙 최고의 미녀라고 불리는 에레나에 미치지는 못하나, 어디 나가서 절대 외모로 밀리지 않는 딸이다.

그녀가 아카드에게 온 정성을 쏟는다면 반드시 아카드 백작의 마음을 잡을 수 있을 거라고 확신했다.

"이제 그분을 만나러 갔다 오겠습니다."

샤론 공주가 왕에게 공손하게 절을 하자 그레고리 2세는 고개를 끄덕였다. 딸자식의 뒷모습을 바라보는 아비의 모습은 씁쓸했다.

"이 모든 것은 다인 왕국을 위해서다."

딸까지 팔아 가며 권력을 탐하는 자신의 모습이 부끄러웠을까? 왕의 자조 섞인 목소리가 궁 안에 조용히 퍼졌다.

* * *

다인 왕국에 입국한 아카드는 노틸러스 제국 대사관의 안내를 받고 귀빈실로 향했다.

귀빈실에는 다인 왕국의 유명 인사들이 기다리고 있었다. 대륙의 거물이 된 아카드를 만나기 위해 그들은 아침부터 기다리고 있는 상태였다.

"다인 왕국 방문을 환영합니다."

샤론 공주가 이들을 대표해 환영 인사를 건넸다.

"번거롭게 이런 자리를 마련하실 필요는 없는데. 어쨌든 반겨 주셔서 감사합니다."

아카드는 무뚝뚝한 표정으로 귀빈석에 앉았다.

그때부터 지루한 시간이 시작되었다.

북쪽의 정세와 대륙의 전반적인 상황에 대한 이야기에서 아카드의 행보를 찬양하는 말들이 오갔다.

어느새 저녁 식사 시간.

왕실의 수석 셰프가 직접 만든 만찬들이 줄줄이 나오기 시작했다. 순식간에 긴 탁자에 다인 왕국 특산물로 조리한 각종 진미가 채워졌다.

"마음껏 드시지요."

"그럼 감사히 먹겠습니다."

공주의 말이 떨어지기가 무섭게 아카드는 음식을 먹기 시작했다. 다른 인사들도 포크를 들고는 식사를 시작했다.

'소문이 과장됐다고 생각했는데.'

샤론 공주는 맞은편에 앉은 아카드에게서 눈을 떼지 못했다.

지금까지 보아 왔던 귀족들처럼 식사 예절이 우아하지는

않지만, 음식 하나하나를 신중하게 음미하는 모습은 꽤 인상적이었다.

국왕에게 처음 명령을 받았을 때만 해도 샤론 공주의 마음속에는 반발심이 강했다.

아무리 권력의 희생물로 팔려 가는 신세라고는 하지만, 처음 보는 사내를 유혹하라는 어명을 쉽게 받아들일 수 없었다.

'오히려 소문이 축소된 거였어. 어쩜 이렇게 잘생겼을까.'

아카드를 만나자마자 샤론 공주의 반발심은 눈 녹듯이 녹아 버렸다.

'눈길이라도 한 번 주면 좋으련만.'

첫 만남부터 지금까지, 꽤 많은 시간이 흘렀지만 아카드는 자신에게 눈길 한 번 주지 않았다.

'아직 시간은 많아.'

이 자리는 샤론 공주를 아카드에게 소개시켜 주기 위해 만들었다. 처음 만남부터 아카드를 숙소까지 데려다 주는 일정까지 생각하면 조급할 필요는 없었다.

'마차 안에서 확실하게 내 사람으로 만들자.'

샤론 공주는 옷 속에 숨겨 둔 작은 상자를 꽉 쥐었다.

'이걸 몸에 바르면 어떤 남자라도 넘어오지 않을 수 없

다고 했어.'

상자 안에는 그녀가 준비한 비장의 무기가 들어 있다.

서큐버스 날개 가루.

어떤 이성이라도 유혹할 수 있는 치명적인 비약.

과거 제국 은행장이 방문했을 때, 마음에 드는 남자가 생기면 사용하라고 준 선물이었다. 은행장은 이 물건을 사용하면 성자라도 넘어올 것이라고 장담했다.

샤론 공주는 상자를 만지작거리며 반드시 아카드를 자신의 남자로 만들겠다고 다짐했다.

하지만…….

탁!

아카드가 포크와 나이프를 탁자에 내려놓았다.

"맛있게 드셨나요?"

"잘 먹었습니다."

하지만 아카드 앞에 있는 접시에는 거의 손 댄 흔적이 없다. 거의 물만 마셨다고 해도 과언이 아니다.

"자, 잠깐만요. 음식에 손도 대지 않으시고……."

"약속이 있습니다."

그는 샤론의 말을 자르며 자리에서 일어났다.

샤론 공주는 다급한 표정으로 아카드의 옷자락을 잡았다.

"뭡니까?"

돌아보는 아카드의 눈동자는 차가웠다.

마치 더러운 것을 바라보는 불쾌한 눈빛이다.

"무례하네요. 갑자기 이렇게 가시면 많은 분들이 섭섭해 하실 텐데."

"공주님."

"네, 아카드 백작님."

아카드는 처음으로 샤론 공주를 불렀다.

그의 표정은 공주의 예상과는 달리 매우 차가웠다.

"다음부터 갑자기 부르는 일은 없었으면 합니다. 오늘은 저희 대사께서 간곡히 부탁해서 왔지만, 다음에는 정중하게 절차를 거쳐 주셨으면 합니다. 그리고⋯⋯."

아카드는 샤론 공주를 향해 조용히, 그렇지만 살기를 가득 담아 말했다.

"한 번만 더 개수작 부리면 목숨을 걸어야 할 거야."

그의 기세에 눌려서일까?

샤론 공주가 정신을 차렸을 때 이미 그의 모습은 사라지고 없었다.

* * *

"아카드 군! 여긴 어떻게?"

교황청 별실에서 회복 마법을 연습하고 있던 에레나 앞에 아카드가 나타났다. 그가 다인 왕국에 도착했다는 소문은 들었지만, 설마 금남의 방인 이곳으로 쳐들어 올 줄은 몰랐다.

"절 어떻게 찾았어요?"

에레나의 목소리에서 당황함이 묻어났다.

아카드는 엉뚱하게도 그녀의 머리를 쓰다듬으며 물끄러미 바라보았다.

"밥은 먹었고?"

아카드의 질문에 에레나는 순간적으로 혼란스러웠다. 마치 어제 헤어졌다가 만난 사람처럼 자연스러운 행동에 그녀는 고개를 푹 숙였다.

'날 잊지 않았구나.'

갑자기 에레나의 눈에서 눈물이 핑 돌았다. 아카드를 쳐다보면 그동안 외로웠던 마음을 들킬 것만 같아 고개를 들지 않았다.

"그, 그럼요. 시간이 몇 시인데."

아카드는 그녀의 대답에 기분이 좋다는 듯이 웃음을 지었다. 이렇게 멀쩡하게 있는 것을 보니 마음이 놓인 것이다.

"그래. 잘 챙겨 먹어야지."

아카드는 그녀의 고개를 들고는 엄지로 눈물을 닦아 주었다. 그러고는 눈동자를 맞추고 한참 동안 그대로 있었다.

그때, 성녀의 방을 철통같이 지키고 있던 성기사들이 문을 두들겼다. 남자의 목소리가 흘러나오니 뭔가 이상하다는 것을 느낀 것이다.

에레나의 눈에 갑자기 다급함이 어렸다.

예상대로 성기사들은 요란스럽게 문을 두들겼다.

"성녀님. 안에 무슨 일 있습니까?"

에레나는 침착한 목소리로 아무렇지 않다는 말투로 대답했다.

"아니요. 아무 일도 없어요."

성기사는 잠시 주변에서 머뭇거렸으나, 금방 돌아갔다. 아무리 성기사라고 해도 성녀의 방을 함부로 열고 들어갈 수는 없었다.

하지만 작은 소란은 더 큰 소동을 몰고 오는 법.

바깥에서 수녀를 비롯해, 더 많은 성기사들의 목소리가 들려왔다. 수녀를 시켜 성녀의 방을 확인할 모양이다.

"에휴."

에레나의 입에서 한숨이 나오자마자, 아카드가 묵직한 저음의 톤으로 물었다.

"이곳을 빠져나가고 싶나?"

그의 갑작스러운 질문에 에레나의 눈이 커졌다.

그녀는 아카드의 눈을 뚫어지게 바라보며 얼마 전에 배운 '진실의 눈'이라는 마법을 펼쳤다. 하지만 이내 쓴웃음을 짓고야 말았다.

이제 막 성녀가 된 그녀의 마법으로는 최상급 정령사의 경지를 넘어서 버린 아카드의 진심을 알아낸다는 것은 불가능에 가까웠다.

하지만 분명한 것은 그의 말에서 진심이 느껴진다는 것이다.

"그동안 놀고먹은 건 아닌가 보네. 나한테 마법도 시전할 줄 알고."

"칫! 배우면 뭐해요. 아카드 군한테는 전혀 안 통하는걸."

"나와 함께 북쪽으로 가지 않을래?"

에레나는 당장이라도 아카드가 내민 손을 잡고 싶었지만, 자신의 감정을 억눌렀다.

"아직은 안 돼요."

"왜?"

"회복 마법을 다 익히지 못했거든요."

"흐음."

아카드는 잠시 고민하더니 그녀의 눈을 쳐다보았다.

"회복 마법을 익히고 싶은 이유라도 있어?"

"아카드 군의 아버지도 낫게 하고 싶고, 우리 아버지도……."

"회복 마법 다 익히는 데 얼마나 걸려?"

"배우는 건 한 달 정도면 되는데. 실전에 사용하려면 조금 시간이 걸린대요."

"누가 그랬는데?"

"교황 할아버지가요."

"일단 배우는 건 한 달만 기다리면 된다는 거네?"

"그렇긴 하죠. 실전에 써먹을 수 있을지는 모르겠지만."

에레나는 조용히 웃으며 대답했다.

아카드는 잠시 고개를 갸웃거리다가 이내 끄덕였다.

"좋아. 일단 회복 마법을 다 외우는 데에만 집중해. 실전은 지겹도록 시켜 줄 테니까. 알겠지?"

"아, 알았어요."

"한 달 뒤에 다시 오지."

아카드의 모습이 바람처럼 사라졌다.

에레나는 방금 전까지 아카드가 서 있던 곳을 하염없이 바라보았다. 그의 모습을 확인해서인지, 그녀의 표정은 더없이 평안해 보였다.

　　　　　*　　　*　　　*

　대사가 마련해 준 여관으로 돌아온 아카드는 생각에 잠겼다.

　어떻게 하면 에레나의 신성 마법을 늘릴 수 있을지 고민하던 그는 갑자기 정령 하나를 소환했다.

　'비실이. 튀어나와.'

　그의 말이 끝나기가 무섭게 허공에 푸른색 입자와 녹색 입자가 생성되었다. 허공에 퍼진 두 입자는 갑자기 회전을 하며 비둘기의 모습으로 그의 앞에 나타났다.

　─왜 자꾸 아픈 정령을 불러내십니까. 저 말고 튼튼한 라그니스 님을 부르시지…….

　그린 몬스터의 영향 때문일까?

　원래 이런 모습이었을까?

　얼음 공격과 치유 마법에 특화된 물의 정령을 막상 소환해 보니 이건 환자나 다를 바 없었다. 흐물거리고 비실거리는 것이 영 부실해 보이는 것이 아닌가.

　치유 마법도 자신에게 걸지를 않나, 얼음 공격을 하라고 했더니 그린 몬스터의 마나를 흡수해서인지 독 공격에 더 강점을 보였다.

뭐 하나 시키려면 폭력을 가해야 들어먹는 돌연변이 정령이 소환되었으니, 아카드 입장에서는 속에 천불 날 지경이었다.

'어떻게 내가 소환하는 정령들은 죄다 이 모양이지? 정상적인 정령이라고는 하나도 없네.'

—아이고. 간만에 인간 세상에 소환되니까 온몸이 쑤시네.

아카드는 지금도 아프다고 아우성치는 물의 정령 운다인을 보며 혀를 찼다.

'회복 마법에 대해 잘 알고 있겠지?'

—왜? 또 낫게 해 달라고? 나 힘들어서 못해.

'치료해 달라는 것이 아니라, 회복 마법을 속성으로 익힐 수 있는 방법이 있나 해서.'

—그런 거 없어. 끊임없이 사람들을 치유하면서 늘려 나가는 수밖에 없어.

'그래?'

운다인의 말을 곱씹던 아카드의 눈이 갑자기 커졌다.

'잠깐만. 만약 매일 중독되는 사람이 있다고 치자.'

—나보다 불행한 인간이 있어?

'그러니까 만약이라고 하잖아. 매일 회복 마법으로 그 사람을 치유하면 실력이 늘겠다. 그치?'

—그렇긴 하지. 대신 조건이 있어.

'뭐지?'

—회복 마법을 쓰는 사람의 수준만큼 독성도 점점 강해져야 해. 그래야 실력이 빨리 늘어.

'오호. 그렇단 말이지?'

운다인은 자신을 쳐다보는 정령사의 묘한 눈빛에 오한을 느꼈다. 순간적으로 뭔가 잘못됐다고 느꼈는지, 온몸을 비틀거리며 엄살을 피웠다.

—아이고, 삭신이야. 몸에 힘이 없고…….

하지만 아카드는 씨익 웃으며 코웃음을 쳤다.

'늦었어.'

*　　　*　　　*

국왕의 집무실답게 안에는 커다란 탁자가 놓여 있었다. 탁자를 중심으로 부녀가 마주 보고 앉았다.

하지만 여느 때의 부녀와는 사뭇 다른 모습이다.

방 안에는 무거운 침묵이 내려앉았다.

국왕 그레고리 2세가 먼저 침묵을 깼다.

"너에게 실망이 크다."

"하지만 아버지, 아카드 백작이 워낙 바빠서 만날 틈이 없어요."

샤론 공주가 답답한 표정으로 핑계를 댔다.

하지만 국왕은 탁자를 내려쳤다.

쾅!

"공적인 자리다. 아버지가 아니라 폐하라고 부르거라!"

공주는 아버지의 반응에 눈을 동그랗게 떴다.

설마 이렇게 화를 낼 줄은 몰랐다.

"단도직입적으로 물으마. 아카드 백작을 네 사람으로 만들 자신이 없느냐?"

샤론 공주는 입을 다물었다.

차가웠던 아카드의 눈동자가 떠오르면서 자신감이 떨어진다.

"성녀를 얻은 뒤로 교황청은 점점 강해지고 있단다. 다인 왕국이 온전히 왕실의 것이 되기 위해서는 너의 힘이 절실하다. 자신감을 가지거라. 넌 누구보다 존귀하고 아름답단다."

샤론 공주는 입을 다물었다.

더 이상 아버지의 말에 대꾸할 수가 없었다.

아카드를 서큐버스의 날개 가루로 유혹하고 싶지는 않았다. 여유를 가지고 자연스럽게 맺어졌으면 했다.

하지만 자신의 욕심 때문에 아버지의 기대를 저버리고

싶지도 않았다.

생각지도 못한 이율배반적인 감정에 샤론 공주는 망설였다.

딸의 망설임을 본 그레고리 2세는 다인 왕국의 현재 상황을 알렸다.

"우리에게 아카드 백작의 힘은 반드시 필요하다. 이대로 5년만 지나면 이 왕국은 교회 손에 넘어가게 된다. 그렇게 된다면 수많은 백성들은 신의 이름이라는 미명으로 권력을 휘두르는 저들에게 고통을 받게 된다. 백성들이 고통을 받아도 좋으냐."

국왕은 마지막 말을 하며 딸의 얼굴을 쳐다보았다.

샤론 공주는 더 이상 물러설 곳이 없었다.

"알겠어요. 이번 주 안에 결판내도록 하겠습니다."

그녀는 이 말을 남기고 집무실을 벗어났다.

딸이 방에서 나가자마자 그레고리 2세는 나지막이 말했다.

"기사 단장. 궁중 대신 좀 불러 주게."

국왕을 호위하는 기사단장은 대답을 하고는 물러났다.

10분쯤 지났을 때 궁중 대신이 들어왔다.

"부르셨습니까?"

그레고리 2세는 한숨을 내쉬며 고개를 흔들었다.

"차선책을 마련해야겠네. 딸에게 맡기기에는 사안이 중대하네."

고민에 빠진 국왕에게 궁중 대신이 덧붙였다.

"저희와 연이 있는 주교들과 연락해 보겠습니다."

"교황청과 손을 잡잔 말인가?"

"이번에 성녀가 된 에레나 양과 아카드 백작이 그렇고 그런 사이라는 소문이 있습니다. 폐하께서 에레나 양을 직접 만나 아카드 백작을 포기시키는 게 최선일 것 같습니다."

국왕의 입에 미소가 걸렸다.

"흠, 나쁘지 않군. 만약 실패한다면?"

"그럴 리가 없습니다. 교황도 어렵게 얻은 성녀를 일개 백작에게 넘기고 싶지 않을 겁니다."

국왕은 잠시 숙고하는 듯이 생각에 잠겼다.

이윽고 국왕의 입이 열렸다.

"진행하게. 주교들에게 들어가는 돈은 내 사비로 처리하고."

"잘 생각하셨습니다. 그녀만 처리하면 아카드 백작도 현명한 결정을 내릴 겁니다. 어차피 그는 이익을 쫓는 상인에 가까우니까요."

"알았네."

　　　　　*　　　*　　　*

　샤론 공주는 국왕과 독대를 한 이튿날 곧바로 아카드가
머무는 숙소를 찾아갔다.

　숙소 앞에는 아카드의 심복이자 다인 왕국에 떠오르는
상단의 주인 월 크로우 2세가 보였다. 그는 뜻밖의 손님에
살짝 당황한 듯했으나 금방 평소의 표정으로 공주를 맞았
다.

　"월 상단주. 오랜만이에요."

　"공주님께서 이곳에 어쩐 일로?"

　"전 이 나라의 공주예요. 제가 가지 못할 곳이 있나요?"

　"그럴 리가요."

　월 크로우 2세는 재밌다는 표정을 지었다.

　"아카드 백작님께 제가 왔다고 전해 주세요."

　"알겠습니다."

　월 크로우 2세는 곧바로 아카드가 머무는 방으로 들어갔
다. 하지만 곧바로 나왔다.

　"공주님, 오늘은 날이 아닌 것 같습니다."

　"무슨 일인가요?"

　"마스터께서 새벽까지 귀빈들을 맞이하시느라 피곤하신

가 봅니다. 곤히 주무시고 계시는군요. 저로서는 마스터를 강제로 깨울 용기가 없답니다."

월 크로우 2세는 송구스럽다는 표정을 지었다.

순간적으로 샤론 공주의 눈동자에 노기가 서렸다.

그녀는 이 나라의 하나뿐인 공주일 뿐만 아니라 다인 왕국에서 내로라하는 귀족 자제들에게 구애를 받는 처지였다.

그 어느 누구도 지금까지 공주를 기다리게 한 사람은 없었다.

샤론 공주는 모욕감을 느꼈는지 부르르 떨었다.

그녀는 아카드가 자고 있는 방문을 잠시 노려보았다. 하지만 방 안에서는 그 어떤 움직임도 느껴지지 않았다.

샤론 공주의 입에서 차가운 말투가 흘러나왔다.

"어쩔 수 없군요. 저녁에 오면 만날 수 있나요?"

"저녁에는 상단 사람들과 미팅이 있어서."

"그럼 내일 다시 올게요. 내일은 오늘처럼 빈손으로 돌아가는 일이 없었으면 하네요."

"마스터께 말씀 전하겠습니다."

"상단주가 죄송할 게 뭐가 있겠어요. 반드시 전해 주세요. 제가 기다리다가 그냥 돌아갔다고."

"걱정하지 마십시오."

샤론 공주는 차갑게 몸을 돌렸다.

월 크로우 2세는 뭐가 그리 즐거운지 웃음을 가리느라 입을 막고 있었다.

그 순간 방 안에서 아카드의 목소리가 들렸다.

"그레고리 2세가 잔머리를 쓰는군. 조용히 에레나만 데리고 떠나려고 했는데 자꾸만 피를 보게 만드네."

그 말을 끝으로 아카드는 깊은 잠에 빠져 들었다.

*   *   *

이튿날.

샤론 공주는 어김없이 아카드를 찾았다.

그러나 또다시 퇴짜를 맞고 말았다.

아카드는 여전히 잠을 잔다는 이유로 그녀와의 만남을 거부하고 있었다.

공주는 또다시 모욕감을 느끼며 돌아갈 수밖에 없었다.

상황이 이렇다 보니 공주도 약이 올랐는지 일주일 내도록 찾아왔다.

"마스터. 정말 이래도 괜찮겠습니까?"

"자니까 말 걸지 마라."

"정령사는 자면서도 말을 할 수 있나 봅니다."

"까분다."

윌 크로우 2세는 잠시 망설이다가 말을 꺼냈다.

"언제까지 저렇게 내버려 둘 셈입니까?"

그는 다인 왕국에서 장사하는 상인이다 보니 은근히 신경 쓰였다. 상단주 입장에서는 상단이 불이익을 당하지 않을지 걱정될 수밖에 없었다.

그것보다 더 궁금한 것은 아카드의 태도였다.

평소의 마스터라면 지금쯤 무언가 행동으로 옮겼어도 이상하지 않았다.

하지만 아카드는 묵묵히 낮잠만 잘 뿐, 그레고리 2세에게 어떠한 제재도 가하지 않았다. 그간 아카드의 행동을 보면 절대 이해할 수 없는 일이다.

"마스터, 공주가 잔뜩 약 올랐습니다. 더 이상 기다리게 하다가는 무슨 짓을 저지를지 모릅니다. 마스터께서 다 생각이 있으시겠지만, 왕가의 사람들을 상대할 때는 주의하셔야 할 겁니다."

"잔소리는 여기까지."

수하의 조언에 아카드는 두 팔을 베고 누웠다.

그동안 아카드는 공주의 행동을 다 보고 있었다.

4대 정령 모두를 소환하게 되면서 특별한 능력 하나를 얻게 되었다. 정령들이 보고 느끼는 것을 공유하는 것이다.

아카드는 정령을 보내 공주의 표정과 숨소리, 행동까지 다 지켜보았다.

그 결과 샤론 공주가 어떤 성격을 지녔는지 추측할 수 있었다.

말 그대로 남들에게 떠받듦만 받으며 곱게 자란 타입이다. 그러다 보니 제 마음대로 되지 않으면 쉽게 화를 내고 변덕이 심한 것 같았다.

그러고 보면 대부분의 왕족들과 고위 귀족들은 이런 성격을 지닌 듯했다.

자신이 최고인 줄 아는 오만함을 지녔고, 원하는 대로 해야 직성이 풀리는 성격을 가졌다.

어쩌면 당연한지도 모른다.

부모들의 성격이 그러했고, 이런 행동이 당연한 분위기에서 성장했기에 똑같이 자랄 수밖에 없었을 것이다.

"공주가 무슨 죄가 있겠나. 어쩌면 그녀는 또 다른 희생양일지도 모르지."

"하지만 이쯤에서 확실한 입장 표명이 필요하지 않을까요?"

"이쯤 장난쳤으면 됐겠지?"

월 크로우 2세의 이마에 핏줄 한 가닥이 솟았다.

자신은 상단이 잘못될까 싶어서 걱정하고 있는데, 상관

은 장난감을 가지고 논 셈이 아닌가.

"갑자기 에레나 님이 불쌍해지는군요. 마스터의 진면목을 알아채셔야 할 텐데."

"지금 비꼬는 건가?"

"그럴 리가요. 저는 진심으로 에레나 님을 걱정하고 있답니다."

"나도 그것 때문에 망설이는 거야."

에레나의 이름이 나오자 아카드는 미소를 지었다.

사실 그가 샤론 공주 배후에 있는 그레고리 2세를 응징하지 않는 것은 에레나 때문이다. 그녀는 아카드 덕분에 겪지 않아도 될 끔찍한 일을 적지 않게 경험했다.

대부분 원치 않게 발생한 사건들이지만, 아카드의 마음한 구석에는 에레나에게 미안한 마음이 있었다.

그래서 이번만큼은 그녀가 있는 곳에서 피를 흘리고 싶지 않았다.

샤론 공주를 계속 돌려보낸 것도 자존심을 건드려서 포기하게 만들기 위해서다.

그것이 아카드가 할 수 있는 최소한의 배려였다.

하지만 샤론 공주는 끈질기게 방문했다. 공주가 이렇게행동하는 것은 그레고리 2세의 탐욕이 확고하다는 것을 의미한다.

"어쩌 내가 가는 곳마다 피바람이 따라다니는 것 같네."

"설마 여기서도 한바탕 벌이실 작정이십니까?"

"난 사제가 아니야. 상대가 자꾸 싸움을 걸어오는데 어쩌겠나. 하지만 지금은 아니야."

"그럼 언제쯤?"

"일단 공주에게 경고를 할 생각이야. 그래도 들어먹지 않는다면 배후에 숨어 있는 국왕에게 확실하게 알려줘야지."

"어떻게 말입니까?"

"금방 알게 될 거야. 지금까지 누린 모든 것을 잃는 지옥을 맛보게 되겠지."

아카드가 눈을 감은 채 하얀 치아를 드러내며 웃었다. 그 모습을 옆에서 본 윌 크로우 2세는 등골이 서늘해지는 것을 느꼈다.

'드디어 다인 왕국에서 자리 잡는가 했더니. 또 짐 쌀 준비해야겠네.'

* * *

아카드가 머무는 숙소는 다인 왕국 수도 중심가에 위치하고 있었다.

번화가 중심에 위치하다 보니 수많은 사람들이 지나다녔다.

대부분의 사람들은 평범한 사람들이다.

번화가에서 장사를 하거나 구경하기 위해 밖으로 나온 평범한 사람들이다.

평범한 사람들 속에서 샤론 공주의 일그러진 표정을 살펴보는 이들이 있었다. 그들은 공주의 일거수일투족을 메모하면서 뒤를 몰래 따라다녔다.

그레고리 2세가 은밀히 딸려 보낸 자들이다.

그들이 적은 보고서는 빠르게 국왕의 손에 들어갔다.

"역시 자식 놈은 믿을 게 못 돼."

그레고리 2세는 못마땅한 표정을 지으며 보고서를 구겨 버렸다.

그러고는 옆에 있는 궁중 대신을 쳐다보며 고개를 끄덕였다.

"성녀와의 독대 자리를 만들어 주게."

궁중 대신은 곧바로 왕실을 빠져나갔다.

Chapter 8.
연합군의 위기

구울 선발대에 의해 북쪽 대륙 날개 역할을 하던 두 공국이 무너졌다는 소문이 대륙 전체에 진동했다.

한때 두 공국은 기마병을 앞세워 북쪽에서 이름을 떨쳤다. 기마병에 대한 해법이 밝혀지고 국력도 많이 쇠약해졌지만, 진 제국이 일으킨 대륙 전쟁의 소용돌이 속에서도 살아남은 것은 실로 대단한 일이었다.

그런 대단한 나라가 힘 한 번 제대로 쓰지 못하고 무너졌다는 소식은 대륙에 공포감을 심어 주었다. 그 과정에서 흑마법사 하나 죽이지 못했다는 사실은 더욱 충격적이었다.

두 공국이 몰락하면서 연합군에 대한 원성이 더욱 커졌

다. 공국이 무너질 동안 지원군 한 명 보내지 않았으니 당연한 결과였다.

도의적으로 볼 때 지탄받아 마땅한 일이지만, 연합군 입장에서는 어쩔 수 없었다. 병력을 나누어 구울 부대와 싸울 만큼 병력이 충분하지 못했던 것이다.

연합군 총사령관 루시르는 지금의 상황이 너무 아쉬웠다. 미리 구울의 움직임만 파악했더라도 피해를 줄일 수 있었을 텐데.

정보의 부재와 구울을 쓸어버릴 수 있는 화력의 부족.

현재 연합군이 안고 있는 고민이었다.

국경 밖으로 뚫고 나가자니 병력의 손실이 두렵고, 이대로 움츠리고만 있자니 주변이 쓸려나가는 상황이었다.

연합군 총사령관 루시르는 침묵에 빠졌다. 딱히 대안이 떠오르질 않았다.

"사령관님. 선제공격을 하시지요."

"자네가 그런 말을 할 줄 몰랐는데?"

선제공격을 권유한 이는 뜻밖의 인물이었다.

때를 기다리자며 병력의 출전을 거부하던 다이슨 후작이 선제공격이라는 카드를 내밀었다.

"자네 나라가 망했다는 소리에 갑자기 복수심이라도 생겼나?"

다이슨 후작의 조국은 이번 구울 선발대의 총공세에 사라진 공국 중 하나인 애드 공국. 그로 인해 감정적으로 변한 것이 아닌지 루시르는 그의 안색을 살폈다.

"절대 그렇지 않습니다."

"지금까지 출전을 반대하던 사람이 선제공격이라니. 놀라운 일이군."

루시르는 유능한 장수로 유명한 다이슨 후작을 걱정스러운 표정으로 바라보았다. 나라를 잃은 것 때문에 평정심을 잃었을지도 모른다는 생각이 들었다.

"상황이 변했습니다."

"상황이 변했다? 좀 더 구체적으로 말해 줄 수 있겠나?"

"지금까지 암흑 교단은 구울을 모아 한곳을 집중적으로 공략했습니다. 하지만 상황을 보십시오. 그들은 구울을 이곳에 주둔시키고도 두 공국을 동시에 공략했습니다. 이것이 뭘 의미하겠습니까?"

"구울의 숫자가 더 불어나기 전에 저들을 치자는 말인가?"

"더 이상 지체할 시간이 없습니다. 다행스러운 것은 암흑 교단의 본진은 보이지 않는다는 겁니다. 단순하게 구울만 보내고 있으니 아마 교단 내부에 변고가 생긴 것 같습니다."

"확실하지 않은 일로 모험을 할 수는 없어."

루시르가 고개를 흔들며 부정적인 자세를 취했다. 그러자 다이슨 후작은 품 안에서 뭔가를 꺼내 그에게 내밀었다.

"이게 뭔가?"

"애드 공국이 망하기 직전, 암흑 교단에 잠입시킨 첩자로부터 받은 마지막 보고서입니다. 정보에 의하면 최근 암흑 교단의 교주가 모습을 감췄다고 합니다. 그로 인해 본진의 흑마법사들의 발이 묶여 움직이지 못한다고 하더군요."

다이슨 후작은 확신에 가득 찬 표정으로 목소리를 높였다.

"총사령관님. 이건 우리에게 기회입니다. 흑마법사가 얼마 되지 않는 지금 쳐야 합니다. 구울의 숫자를 줄일 수 있는 절호의 찬스입니다."

"만약 정보가 거짓이라면? 적의 기만책일 수도 있지 않나."

"그렇다고 할지라도 쳐야 합니다. 만약 성공한다면 우리에게는 득이고, 적들에게는 치명상이 됩니다. 그리고 아무리 생각해 봐도 암흑 교단 내부에 무슨 일이 생긴 건 틀림없어 보입니다."

"판단의 근거는?"

"적들의 전략은 간단합니다. 구울들을 보내서 병사의 숫자를 줄이고, 그 후에 암흑 기사단과 흑마법사가 나서서 결정타를 먹이는 전략입니다. 아주 간단해 보이지만, 그만큼 확실한 전략이지요."

다이슨 후작의 설명에 루시르는 물론이고 연합군 장수들도 귀를 기울였다. 다이슨 후작은 눈을 반짝이며 자신이 분석한 예측들을 내놓았다.

"하지만 지금은 반대로 우리가 그 전략을 쓸 때가 왔습니다. 적들 본진의 지원이 끊긴 이상, 우리는 구울과 그들을 조종하는 소수의 흑마법사만 상대하면 이길 수 있습니다."

다이슨 후작의 주장에 장군들은 고개를 끄덕였다. 일리가 있는 설명이다. 만약 그가 가져온 정보가 정확하다면 연합군은 당장 성문을 열고 구울을 섬멸해야 한다.

연합군이 지금껏 국경에서 움츠리고 있었던 이유는 암흑교단 본진의 흑마법사들 때문이었다. 만약 그들의 지원이 없다는 정보가 확실하다면 구울 선발대 따위는 두려워할 필요가 없었다.

"구울을 섬멸함과 동시에 우리가 해야 할 일이 또 있습니다."

"그게 뭐지?"

"적들이 전진기지로 삼은 두 공국을 탈환해야 합니다.

그들이 이곳에 집중하지 않고 두 공국으로 목표물을 바꾼 이유는 식량 보급과 관계가 있습니다. 4대 상단이 무너지면서 적들의 식량 조달이 원활하지 않은 것으로 보입니다."

"흠. 일리가 있군. 식량 조달을 차단하고 고립시키자 이 말이군."

"그렇습니다."

루시르는 고개를 끄덕였다. 이야기를 듣고 나니 당장 출전을 위한 정비를 해야 할 것 같았다.

"이 전쟁의 승패는 적들의 식량 보급을 막을 수 있느냐에 달렸습니다. 만약 작전대로 두 공국을 탈환할 수만 있다면 적들은 무리를 해서라도 움직일 수밖에 없을 것입니다."

"하지만…… 좋다. 출전을 명하도록 하지."

루시르는 살짝 망설이다가 어쩔 수 없이 결정을 내렸다. 한 달만 있으면 아카드가 합류할 예정이지만, 지금의 기회를 놓치기가 너무 아까웠다.

다이슨 후작의 주장은 누가 듣더라도 성공 가능성이 높아 보였다. 만약 자신이 망설인다면 연합군 장수들에게 무력하다는 원망을 들을 수도 있는 상황이다.

'연합군의 총사령관은 나다. 내가 결정하고 책임진다.'

루시르는 아카드가 보낸 기다려 달라는 편지를 머릿속에서 지워 버렸다. 그의 눈은 젊은 혈기와 공명심으로 불타고 있었다.

* * *

아카드는 에레나를 몰래 만나러 가는 것을 제외하면 방에서 나오지를 않았다.

다인 왕국에 온 지 두 달이 다 되어 간다.

그동안 방 안에서 자신이 얻은 정령사의 감각을 연습하고 확인하는 일에 집중했다.

오늘도 아카드는 침대에 누워서 눈을 감고 자신의 감각을 확장시켰다. 마음 같아서는 도시 전체로 확장시키고 싶었지만 참았다.

그의 주변으로 몰려오는 바람과 물 때문이다.

아카드가 조금만 감각을 넓히면 주변에 태풍이 불고, 폭우가 쏟아졌다. 다른 곳에 있어야 할 원소 입자들이 몰려들면서 생겨난 부작용이다.

'딱 이 정도가 적당해.'

아카드는 자신의 감각을 교황청까지만 한정지었다. 에레나의 안전이 확인되고, 움직임만 파악할 수 있다면 충분했다.

'뭐지?'

아카드는 갑자기 감았던 눈을 떴다.

언젠가 느꼈던 익숙한 기운, 어린 시절 그에게 악몽을 선사했던 기운이 그의 감각 영역으로 침입했다.

"오늘 하루는 심심하지 않겠어."

아카드는 천천히 침대에서 내려와 창문을 향해 걸어갔다. 잠시 후 그의 모습은 환영을 남기며 바람처럼 사라졌다.

*　　　*　　　*

교단을 수호하는 암흑 기사단의 부기사단장이자, 교단에 위험을 끼치는 인물들을 암살하는 집행부의 수장 쿠로는 짜증 섞인 눈빛으로 교황청을 서성이고 있었다.

교주의 명령으로 성녀를 암살하기 위해 교황청에 왔지만 경비가 심하다 싶을 정도로 삼엄했다. 특히 성녀가 기거하는 것으로 알려진 별궁은 개미 하나도 통과하지 못할 정도였다.

그것으로도 부족했는지 별궁 주변에는 마법진까지 펼쳐져 있었다. 교황이 얼마나 성녀에 대해 신경 쓰는지 엿볼 수 있었다.

쿠로는 한숨을 쉬었다. 그는 과거 교황청에 잠입해 주요 인사들을 몇 번이나 암살한 경험이 있었다.

하지만 지금의 교황청은 예전과 확연하게 달랐다.

최정예 성기사와 각종 마법진으로 외부의 출입을 철저하게 통제하고 막는 철통 요새가 되어 버렸다.

교황청 외벽은 어찌어찌 잠입했는데, 내부를 거쳐 별관까지 가는 것이 문제였다. 거기다가 별관은 수녀들만 출입할 수 있다 보니 성별을 바꾸지 않는 이상 불가능해 보였다.

쿠로는 고민에 빠졌다.

암흑 교단이 천 년의 한을 풀기 위해서는 흑마법의 천적인 성녀와 정령사, 둘 중 하나는 반드시 없애야 한다.

현재 교주 소로스는 비밀리에 마족의 힘을 얻기 위해 폐관 수련 중이다. 교주가 마족의 힘을 얻어 세상에 나오기 전에 완벽하게 방해물들을 치워 버려야 한다.

원래는 암흑 기사 전원을 투입해 교단 최고의 골칫덩이로 떠오른 아카드를 처리하는 것이 최우선이었다. 하지만 아카드는 정령을 이용해 자신의 흔적을 숨기는 것이 가능해 추적하는 것이 용의치 않았다.

하지만 이번에 성녀로 공표된 에레나는 다르다.

교황청에 있는 것이 확실하고, 성기사들 반 이상이 북쪽으로 투입된 이상 아카드보다는 암살하기가 한결 수월하다.

원래는 홀로 잠입해 암살하려고 했던 쿠로는 계획을 수정해야 하나 고민에 빠졌다. 몇 번이나 별관으로 잠입을 시도했지만 만만치 않았다.

차라리 교황을 암살하는 것이 훨씬 쉬워 보일 정도로, 대부분의 성기사들이 별관에 집중되어 있었다.

마지막으로 빈틈을 찾기 위해 교황청 주변을 어슬렁거리던 그는 난감한 표정으로 별관을 둘러싼 벽을 멍하니 바라보았다.

그때였다.

갑자기 쿠로 앞에 검은 그림자 하나가 나타났다.

"어…… 어!"

순간적으로 너무나 놀란 쿠로가 죽음의 기운을 잔뜩 머금은 단검을 뽑아 그림자를 향해 휘둘렀다.

눈 깜빡할 사이에 벌어진 일이었다.

쿠로는 어느새 그림자와의 거리를 벌리고는 도주하려고 했다. 단검을 쥐고 있는 손에 아무런 감촉이 없었기 때문이다.

'내 상대가 아니다!'

그는 회심의 공격이 실패하자 교황청 담을 넘으려고 지면을 발로 박찼다.

하지만 몸이 떠오르지 않는다.

오히려 늪에 빠진 것처럼 점점 아래로 가라앉는다.

"우, 우웁!"

쿠로의 몸은 머리만 남겨진 채 땅바닥에 깊숙이 박혀 버렸다. 필사적으로 비명을 참고는 있었지만 지면에서 올라오는 압력이 온몸을 압박했다.

그가 몸을 빼내기 위해 안간힘을 쓰고 있을 때, 느긋한 발걸음으로 앞으로 다가오는 자가 있었다. 힘겹게 고개를 들어 보니 검은 머리카락을 가진 청년이 자신을 보며 비웃고 있었다.

"암흑 교단에서 왔나?"

"누, 누구십니까?"

"그건 알 거 없고. 성녀를 암살하러 왔나?"

"……."

"여기까지 왔는데, 성녀 얼굴이나 보고 가야지. 안 그래?"

쿠로가 눈을 부릅뜨며 고개를 흔들었다.

아카드가 일어나자마자 쿠로의 몸은 땅속으로 가라앉았다. 그는 온몸에 힘을 줘 반동으로 올라오려고 했지만, 딱

딱한 땅에 박혀 버린 신체는 발가락 하나 움직일 수 없을 정도였다.

마치 마비된 것처럼 쿠로의 몸은 전혀 반응하지 않고, 그의 몸은 점점 더 땅속 깊이 빠져들었다. 그는 숨을 쉴 수 없게 되자 점점 어지러워지며 의식이 희미해졌다.

*　　*　　*

'살았다!'

정신을 잃었던 쿠로의 눈앞이 환해졌다.

눈을 떠 보니 일남 일녀가 앞에 서 있었다. 여전히 그의 몸은 땅속에 묻힌 채.

"서, 성녀?"

"눈 깔아."

눈앞에 목표물이 있지만 쿠로는 아무것도 할 수 없었다. 거기다가 이상한 능력을 발휘하는 사내가 옆에 있어 너무 두려웠다.

"아카드 군. 여기 어쩐 일이세요?"

에레나도 놀라긴 마찬가지.

아카드가 갑자기 자신의 방에 나타나 손을 잡고 마당으로 끌고 나가자 당황할 수밖에 없었다. 거기다가 마당에는

40대로 보이는 남자가 머리만 달랑 나와 있는 채 땅 속에 박혀 있었다.

그녀는 아카드의 설명을 듣고서야 낯선 사내의 정체를 알 수 있었다. 이상한 것은 자신을 죽이러 온 사내를 보고도 전혀 떨리지 않는 것이다.

에레나는 아카드가 옆에 있는 것만으로도 안정감을 느꼈다.

"절 죽이러 오셨군요."

쿠로는 급히 고개를 저었다. 이런 상황에서 솔직하게 고개를 숙이는 것은 빨리 죽여 달라는 것과 다를 게 없다.

아카드는 에레나의 머리를 쓰다듬으며 곁에 섰다. 그의 차가운 검은 눈동자는 자신의 연인을 죽이러 온 암살자를 노려보고 있었다.

쿠로는 지금 반쯤 넋이 나가 있었다.

아카드가 자신을 쳐다볼 때마다 깊은 곳에서 솟구치는 공포 때문에 미칠 지경이었다. 지금도 상대에게 자신의 감정을 들키지 않기 위해 안간힘을 쓰고 있었다.

'어려 보이는 것 같은데 도대체 누구지? 어떻게 이런 자가 교단의 정보망에 걸리지 않을 수가 있지? 검은 머리에 검은 눈동자…… 설마?'

쿠로는 두 눈을 질끈 감으며 자책했다. 그는 공포와 고통으로 상대를 살필 겨를이 없었다.

하지만 하얀 옷을 입은 성녀와 대조적인 머리카락과 눈동자, 정령사. 이 모든 조건을 갖춘 사람은 교단의 최우선 척결 대상 아카드 백작밖에 없었다.

'간단한 일인 줄 알았더니 스스로 드래곤 레어로 뛰어든 셈이 됐구나. 큰일이다.'

지금 아카드 백작의 위치는 제국의 황제를 능가할 정도였다.

소로스 교주가 백 년간 일군 상계를 단숨에 삼켜 버리면서 대륙의 경제를 거머쥐었다. 식량, 생필품을 비롯해 은행까지 소유함으로써, 그의 말 한 마디에 왕국들의 생사가 좌지우지될 정도다.

거기에다가 정령사라는 희대의 사기적인 능력을 지닌 것으로도 모자라서 모건 해적단이라는 대륙 최강의 집단을 가신으로 소유하고 있다.

"날 죽일 거요?"

"풀어 줄 가치가 없으면 죽어야지."

"무사히 보내 준다고 약속하면 중요한 정보를 드리겠소. 연합군에 관한 것이오."

쿠로의 말에 아카드와 에레나는 눈을 반짝였다.

하지만 여기서 말하기에는 장소가 좋지 않았다. 감시하

는 성기사들이 곳곳에 포진해 있어서 자칫하면 들킬 가능성이 높았다.

"아카드 군. 안에서 대화를 나누시지요. 밖에서 누가 들을까 두렵습니다."

에레나의 말에 쿠로는 모든 상황을 파악했다. 마법진에 대한 기초적인 지식은 있었지만, 그는 암살에 특화된 기사다.

교황과 고위 사제들이 성녀를 보호하기 위해 심혈을 기울인 마법진을 그가 파악하는 것은 불가능하다. 밖을 감시하는 성기사들에게 언제 들켜도 이상하지 않은 상황이다.

"손님도 아니고 당신을 죽이러 온 사람을 안에 들일 수는 없지."

아카드의 입가가 슬쩍 움직였다. 동시의 그의 목소리도 무겁게 가라앉았다. 자신이 사랑하는 사람을 감시하는 것이 영 마음에 들지 않았다.

"밖에 있는 놈들 다 처리해 버릴까?"

아카드의 말에 에레나가 화들짝 놀랐다. 그녀는 아카드의 팔목을 잡아당겼다.

그녀 또한 감시당한다는 사실은 기분 나쁘지만, 여러 가지 유용한 마법을 가르쳐 준 곳이다. 거기다가 교황 할아버지는 자신을 손녀처럼 끔찍이 아껴 준 사람이다.

감시하는 것은 기분 나쁘지만 자신을 보호하기 위해서 밤낮 고생하는 사람들에게 해를 끼칠 수는 없었다.

"그러지 마요. 저한테 많은 걸 가르쳐 준 사람들이에요."

"당신 뜻이 그렇다면, 어쩔 수 없지."

아카드는 마당 한가운데로 다가가 주변을 살펴보더니 정령의 힘을 끌어 올렸다. 그러자 잠잠했던 별관 주변에 거대한 바람이 몰려들었다.

에레나는 설마 아카드가 자신의 애원을 무시하고 사고 치지 않을 것이라 믿었지만 그래도 불안했다. 정령사인 그가 바람을 일으켰다는 것은 뭔가 행동한다는 것을 의미한다.

"아카드 군. 제발."

아카드는 자신의 팔을 잡고 놔주지 않는 에레나를 보며 피식 웃었다.

'실리안. 주변에 개미 한 마리 들어오지 않게 막아.'

'아이, 씨! 또 부려먹네. 내가 명색이 최상급 정령인데, 그런 건 좀 스스로 하면 안 되나?'

'라그니스한테 시킬까?'

'마스터. 갑자기 엄청 하고 싶어졌어. 이건 또 내가 전문이지. 날 믿어.'

아카드의 마나가 불의 성질로 바뀌려고 하자 실리안이 다급히 움직였다. 바람의 정령 실리안은 그의 의도를 알아채고 별관 주변에 바람의 장막을 생성했다.

"이제 됐다. 얼마나 대단한 정보인지 한번 들어 볼까?"

에레나는 고개를 갸웃했다.

바람이 몰려들었다가 사라졌을 뿐인데, 뭐가 됐다는 건지.

"대단하군. 이게 정령사의 힘인가?"

에레나와 달리 쿠로는 경악한 표정으로 아카드를 쳐다보았다. 암살과 검술에 관해서는 소드 마스터와 겨뤄도 지지 않는 쿠로만이 아카드가 한 행동을 알아챘다.

아카드는 거대한 바람으로 별관 전체를 감싸 버리게 만들었다. 그럼으로 인해 밖에서 별관을 감시하는 마법진을 무용지물로 만들어 버렸다.

동시에 이곳에서 비명을 지르더라도 들리지 않도록 투명막을 만들어 버렸다. 쿠로는 마법을 쓰지 않고도 순식간에 거대한 장막을 만들어 낸 아카드에게 감탄과 두려운 감정이 동시에 들었다.

"뭐해? 계속 뜸 들이면 묻어 버린다."

아카드의 협박에 쿠로는 침을 한 번 삼키고는 입을 열었다.

"연합군 내에 암흑 교단이 포섭한 첩자가 있습니다."

"설마 그게 끝이 아니지? 세 살짜리 아이도 추측할 수 있는 걸 정보라고 하면 살아남기 힘들 거야."

갑자기 쿠로의 몸이 땅 속으로 가라앉기 시작했다. 아카드가 대지의 기운을 일으켜 완전히 묻어 버리려는 모양이다.

"그는 연합군에서 아주 높은 위치에 있는 귀족입니다. 그의 배신으로 암흑 교단은 연합군 사정을 손바닥 보듯이 알고 있습니다."

"목숨을 살려 주면 그자가 누군지 알려 주겠다?"

"그렇습니다. 아카드 백작님께 아주 중요한 정보가 될 겁니다."

연합군 내부에 첩자가 있다는 말에 에레나의 눈이 커졌다. 연합군을 이끄는 총사령관은 자신의 오빠가 아닌가.

"그게 누구죠?"

에레나의 질문에도 쿠로는 아무 말 하지 않았다. 아카드가 자신을 살려 준다는 보장이 우선이기 때문이다.

"그게 전부는 아니겠지? 그것으로는 목숨값으로 부족해."

묵묵히 듣고 있던 아카드가 고개를 끄덕이며 물었다. 그러자 쿠로는 곰곰이 생각하더니 할 수 없다는 표정으로 하나의 패를 더 내밀었다.

"좋습니다. 하나 더 알려드리지요."

*   *   *

"북쪽 상황에 대해 제가 알고 있는 마지막 정보는 애드 공국과 디오르 공국에 관한 내용입니다."

"두 공국은 구울에 의해 무너지지 않았나?"

"아닙니다. 두 공국은 멀쩡합니다."

쿠로의 보고에 아카드는 의심의 눈초리로 바라보았다. 무너졌다고 소문이 자자한 두 공국이 멀쩡하다는 것이 이해가 되지 않아서다.

진 제국의 위성국가나 다름없는 두 공국이 거짓 소문을 퍼트려 무슨 이익이 있을지 가늠이 되지 않았다.

"저의 말은 사실입니다. 백 년 전부터, 두 공국은 암흑 교단의 지부가 되었습니다. 암흑 교단이 극한 환경에서 살아남을 수 있었던 이유가 뭐라고 생각하십니까?"

"설마 두 공국이 암흑 교단의 보급 창고였나?"

"그렇습니다. 암흑 교단은 두 공국을 통해 식량과 생필품들을 조달하며 편안하게 지낼 수 있었습니다. 4대 상단을 설립한 인물들이 기반을 잡은 곳을 조사해 보시면 알 수 있을 겁니다."

"그럼 이 모든 것이 진 제국을 무너뜨리기 위한 기만책이라는 것이군."

"정확합니다. 암흑 교단이 대륙에 발을 들여놓기 위해서는 방어막 역할을 하고 있는 진 제국을 무너뜨려야 했으니까요."

"암흑 교단. 역시 대단해."

아카드는 암흑 교단의 집념에 감탄했다. 오랫동안 그들이 준비한 은행과 4대 상단을 뺏기면서 큰 타격을 입었다고 생각했지만, 그건 아카드의 오산이었다.

그들은 대륙을 지배하기 위해 제2, 제3의 전략을 준비한 상태로 전쟁을 일으켰다. 소로스의 변덕으로 전쟁을 일으켰다고 생각했는데, 아카드의 착각이었다.

"이 모든 사실을 왜 우리에게 알려주는 거지? 단순히 목숨을 구하기 위해선가?"

"······."

쿠로는 고개를 숙인 채 아무 말도 하지 않았다.

그는 교단에 씻을 수 없는 죄를 저질렀다는 것을 알면서도 이들에게 정보를 알려주었다. 목숨을 걸어서라도 교단에 달려가 아카드라는 자에 대해 정확한 정보를 전달하는 것이 최우선이었다.

아카드가 사도에 버금가는, 아니 사도를 능가할지도 모르는 정령사라는 것과, 성녀가 클라우스 가문의 영애 에레나라는 것을 교단에 알리고 죽어야겠다고 결심했다.

그것이 자신의 역할이고 사명이기에 비겁하지만 아카드에게 목숨을 구걸하는 것이다. 암흑 교단에 피해를 끼칠 수 있는 고급 정보를 쿠로가 독단적으로 알려줄 수 있는 배경에는 믿는 구석이 있었다.

'교주님이 마법진에서 나오게 되면, 네놈들은 무슨 짓을 해도 우리 교단을 이길 수 없다.'

쿠로는 암흑 교단에 대한 확실한 믿음이 있었다. 아니, 정확하게는 교주 소로스에 대한 믿음이 확고하다고 해야 하는 게 맞다.

마계 소환진.

암흑 교단에서 대륙을 정벌하기 위한 차선책으로 마련한 이 마법진의 원래 목표는 마계의 마물들을 소환하는 것이다.

하지만 소로스는 원래의 개념을 완전히 바꿔 버렸다.

마계의 마물을 소환하기 위해서는 살아 있는 제물을 끊임없이 바쳐야 한다. 과거 고대 전쟁에서 흑마법사들이 어렵게 마계 소환진을 열어놓고도 이기지 못한 이유가 제물의 부족 때문이었다.

하지만 소로스는 반대로 생각했다.

마법진을 통해 마물들이 이쪽으로 건너 올 수 있다면, 반대로 마계로 건너갈 수 있다는 것에 착안했다.

인간을 초월해 진정한 마족을 꿈꾸던 소로스는 마법진을 통해 마계로 넘어가는 모험을 저질렀다. 교단의 흑마법사 본진이 아직 세상에 모습을 드러내지 않은 것도 이 때문이다.

마계 소환진을 유지하기 위해 마력을 투자하느라 고위 흑마법사들은 전부 여기에 매달리고 있는 상황이다.

'구울이 이렇게 시간을 잘 끌어줄 줄은 상상도 못 했지. 역시 구울 제조법이 담긴 금서를 탈취한 것은 신의 한 수다.'

쿠로는 잡혀 있는 상황에도 평안해 보였다. 교단의 정보를 털어놨음에도 양심에 찔리는 표정 하나 없이 당당하게 요구했다.

"이제 약속대로 절 풀어 주십시오."

"한 가지만 더 대답해 주면 풀어 주지."

"더 이상 북쪽 상황에 대해 아는 정보는 없습니다."

"북쪽 상황이 아니야."

아카드가 다가와 쿠로 앞에 쪼그려 앉았다. 그는 쿠로의 머리카락을 움켜쥐고는 물었다.

"혹시 지수란이라는 여인을 알고 있나?"

"모, 모릅니다."

갑자기 쿠로의 눈동자가 흔들렸다.

"그 여인을 죽일 때, 자네도 참여했나 보군."

"저, 절대 아닙니다. 제가 작전에 투입된 건 10년 전입니다."

쿠로는 정수리에서부터 시작되는 공포로 인한 두려움으로 몸을 떨었다.

"누가 죽였는지 알려주면 곧바로 풀어 주지."

그는 어쩔 수 없이 눈을 질끈 감았다. 살아야겠다는 욕심으로 여인을 죽인 암살단 책임자의 이름을 밝히는 순간 정신을 잃고 말았다.

쿠로가 현기증을 참고 일어났을 때는 벌써 교황청 밖에 묻혀 있었다. 그는 서둘러 죽음의 대지로 향했다.

아카드가 뒤에서 지켜본다고 생각했는지 어두운 밤인데도 불구하고 그는 더욱 무리해서 속도를 높였다.

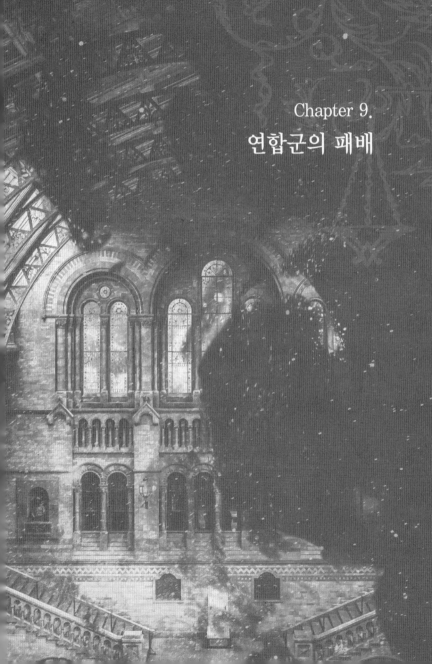

Chapter 9.
연합군의 패배

　아카드가 쿠로를 끌고 나간 후, 에레나는 깊은 생각에 빠졌다. 잠시 후, 별관 밖에서는 큰 소란이 일었다.

　아카드가 일으킨 대규모 바람의 장막으로 인해 마법진이 복구가 불가능할 정도로 파괴되었다. 성녀로서 마법에 입문한 그녀로서는 상상도 하지 못할 경지였다.

　성녀가 되면서 마법을 알게 된 그녀는 이제야 아카드가 얼마나 대단한지 새삼 느낄 수 있었다.

　"그나저나 큰일이네. 오라버니에게 이 정보를 알려야 하는데."

　북쪽 상황은 다급하게 흘러가고 있었다.

연합군과 암흑 교단에서 보낸 구울 선발대는 코앞에서 대치하고 있는 중이다. 언제 큰 전투가 일어나도 이상하지 않을 정도로 일촉즉발의 상황이다.

연합군이 암흑 교단에게 유일하게 앞서는 것이 군사력이다. 구울의 숫자가 많다고는 해도 먹이가 없으면 개체수가 줄어든다는 약점이 있다.

만약 연합군이 첩자로 인해 잘못된 출전을 했다가 병사들을 잃기라도 한다면 더 이상 희망은 없다. 암흑 교단이 진정한 힘을 드러내는 순간 대륙은 그들의 손에 들어가게 될 것이다.

"이러고 있을 시간이 없어. 이제 떠나야겠어."

에레나의 눈이 성스럽게 빛나기 시작했다.

*　　　*　　　*

진 제국 국경에 위치한 구울 선발대 진영에 흑마법사들이 모여들었다. 구울의 숫자가 기하급수적으로 증가함에 따라 그들을 통제할 수 있는 교단의 중간급 흑마법사들이 북적거렸다.

그런데 의외의 인물들이 이곳으로 달려왔다.

분명히 암흑 기사단이 아닌 기사들이 이곳으로 몰려들었

다. 망했다고 알려진 두 공국의 기사들이다.

공국을 지켜야 할 기사들은 암흑 교단의 꼭두각시가 된 왕의 명령을 받고 이곳에 합류했다. 그렇다는 것은 교단이 뭔가를 꾸미고 있다는 뜻이었다.

암흑 교단은 두 공국의 왕과 귀족들을 교단의 일원으로 받아들이고 살려 주는 대가로 그들의 편에 섰다. 이곳에 모인 정규 기사들의 수가 수백을 헤아릴 정도였다.

두 공국의 기사들은 흑마법사로부터 뭔가 지시를 받고 이곳에 대기하고 있었다. 흑마법의 힘을 얻은 기사들의 눈빛에는 흉흉함이 감돌았다.

"드디어 연합군이 움직일 거란 말이지?"

구울 선발대의 책임자이자, 유일한 고위 흑마법사인 사도 베넨은 연합군 내부에 있는 첩자의 보고서를 받고 중얼거렸다.

그의 목표는 연합군 병력을 재기가 불가능할 정도로 줄여 놓는 것이다. 이를 위해 두 공국의 기사들을 대거 이곳으로 불러들였다.

문제는 구울과 공국의 기사들이 얼마나 버틸 수 있는가였다.

구울은 왕성한 전염력으로 충원할 수 있다는 장점이 있지만, 계속 살아 있는 동물을 먹어 줘야 유지가 된다. 또한 성력이라고 불리는 빛의 마나에 너무나 취약하다.

두 공국의 기사들도 마찬가지다.

연합군에 소속된 기사들에 비해 질적으로 떨어진다. 최강의 군사력을 자랑하는 진 제국의 장군들과 마법사와 소드 마스터, 거기다가 사제와 성기사까지 조합된 연합군이 국경을 틀어막고 있으니 도저히 뚫어 낼 수가 없었다.

구울 선발대로서는 어떻게 해서든지 연합군을 국경 밖으로 끌어내야 하는 상황이었다.

이를 위해 양 공국이 무너졌다고 거짓 소문을 내면서 동시에 연합군 내부 첩자들을 동원해 출전하도록 부추겼다.

"이제야 저 국경을 뚫을 수 있게 되었군."

사도 베넨은 흐뭇하다는 듯이 멀리 철벽처럼 솟아 있는 진 제국 국경성을 지그시 바라보았다.

보고에 따르면 연합군은 전체가 국경으로 모여들고 있었다. 지금까지는 진 제국 수도와 대도시에 흩어져 있었지만, 최소한의 병력만을 남겨두고 올라오고 있다는 정보가 속속 도착했다.

"이 성만 점령하면 드디어 대륙 진출이다."

철옹성이라 불리는 진 제국 국경만 뚫으면 제대로 된 방어를 갖춘 도시는 수도를 제외하고 거의 없다고 봐야 한다.

그나마 있는 성들도 도시의 구역을 나누기 위한 것이지

방어를 목적으로 세워진 성은 없다. 그만큼 이 국경성을 믿고 있다는 증거다.

"어떻게 요리해 줄까?"

사도 베넨은 비릿하게 웃음을 지었다.

그는 교주 소로스가 복귀하기 전 마지막으로 큰 공을 세울 생각에 설레었다. 거기다가 인간들의 피 맛도 볼 수 있다는 생각에 전율이 일었다.

"진즉에 내 주장대로 금서 파수꾼들을 잡아들였으면 좋았을 것을."

베넨은 예전부터 끊임없이 금서 파수꾼은 교주가 관리해야 한다고 주장해 왔다.

하지만 소로스는 은행과 상단을 통해 인간을 지배하겠다며 거부해 왔다.

소로스가 뒤늦게 자신의 주장을 받아들여 구울의 제조법을 가지고 있는 파수꾼은 잡을 수 있었지만, 나머지 금서 파수꾼들은 도망쳐 버렸다.

"너무 아쉬워."

사도 베넨이 입맛을 다시며 고개를 젓고 있을 때, 휘장이 열리며 흑마법사 하나가 들어왔다.

"무슨 일이냐?"

"사도님께서 분부하신 대로 모든 준비를 마쳤습니다. 교단에도 보고할까요?"

"내가 알아서 한다. 그만 나가 보도록."

베넨은 끝내 교단 본부에 보고하지 않았다. 어차피 소로스도 없는 상황인 데다가, 이길 수밖에 없는 작전을 하나하나 보고하고 지시를 기다리다가 늦어 버리면 낭패였다.

연합군을 끌어내기 위해 몇 가지 함정도 파 놓았다. 오랫동안 신중하게 작전을 수립한 이상 실패할 가능성은 전혀 없어 보였다.

"그래도 혹시 모르니 내 눈으로 확인해야겠어."

완벽하게 계획을 세웠지만, 막상 연합군이 나온다고 하니 혹시나 하는 생각이 들었다.

"미리 대비해서 나쁠 건 없겠지. 거기 밖에 누구 없느냐?"

베넨은 즉시 부하들을 시켜 함정에서 대기하고 있는 두 공국 기사들에게 전서구를 띄웠다. 연합군이 성문을 열고 밖으로 나올 것 같으니 준비하라고, 또한 구울이 다 죽을 때까지 절대 모습을 드러내지 말라고.

"제발 빨리 문을 열고 나와 줬으면 좋겠군."

하얀 비둘기가 날아가는 모습을 지켜보던 베넨은 씨익 웃으며 연합군이 있는 성벽을 바라보았다.

암흑 교단 사도 베넨의 예상대로 연합군은 굳게 닫혀 있던 성문을 열고 출전했다.

연합군의 목표는 구울의 섬멸이었다.

루시르는 이번 전투를 위해 연합군 전력의 반에 해당하는 군사들을 출전시켰다. 5만의 강군들과 마법사와 소드마스터, 성기사와 사제로 구성된 연합군은 무서울 것이 없어 보였다.

첫 전투는 연합군의 대승이었다.

그들은 거침없이 국경 앞에 득실거리는 10만의 구울들을 섬멸해 갔다. 성수를 바른 장비들과 사제들이 든든하게 받쳐 주자 병사들도 사기가 올라 구울들에게 달려들었다.

첫 전투에서 연합군은 구울 5만을 없애는 성과를 올렸다. 그에 반해 병사들의 사망은 5천이었으니 연합군의 사기는 하늘을 찔렀다.

장군들은 사령부에 모여 두 공국을 되찾자고 주장했다. 암흑 교단의 전진기지를 그대로 놔둘 수 없다는 명분을 내세워 출전을 요구했다.

"너무 쉬워. 암흑 교단이 이렇게 허술하게 준비했을 리가 없다."

총사령관 루시르는 너무나 쉽게 거둔 승리가 의심스러웠다. 그는 국경에 있는 구울들을 정리하고는 굳게 문을 잠가 버렸다.

하지만 마냥 문을 닫을 수만은 없었다.

아무리 총사령관이라고 하지만 대승을 거둔 마당에 출전을 요청하는 장군들에게 반대할 수 있는 명분이 없었다. 정황만을 가지고 공명심에 불타 있는 장군들을 설득하기에는 전투의 성과가 너무 뛰어났다.

장군들의 집요한 주장에 루시르는 출전을 허락하고야 말았다. 그리고 그의 불길한 예감은 어김없이 들어맞고야 말았다.

첫 번째 실수는 5만의 군사를 반으로 나눈 것이었다.

공국 탈환 작전을 위해 연합군이 출전하기 전, 루시르는 용맹하고 전략에도 뛰어난 다이슨 후작을 원정군 책임자로 임명했다. 그라면 5만의 대군을 맡기기에 적임자라고 여겼다.

하지만 출전하자마자 군사는 반으로 쪼개졌다.

국경을 나가자마자 공국의 후작을 자신의 상급자로 인정하지 않는 남대륙 장군들로 인해 불화가 생기기 시작했다. 그들은 다이슨 후작에게 병사를 반으로 나눠 동시에 공국을 탈환하자고 제안했다.

그들이 이렇게 주장하는 이면에는 구울과의 전투에서 대승을 거두면서 생긴 자만심이 있었다. 전설로만 들어 왔고 막연히 두렵게만 생각했던 암흑 교단과 전투를 해 보니 별거 아니라는 생각이 마음속에 자리 잡고 있었다.

다이슨 후작은 어쩔 수 없이 그들의 제안을 수락했다. 다이슨 후작은 조국인 애드 공국으로, 남대륙 장수들의 지휘를 받는 병사들은 디오르 공국으로 향했다.

하지만 이 모든 것이 암흑 교단의 계략이었다.

연합군이 가는 길목마다 구울들이 나타나기 시작한 것이다. 거기다가 정체를 알 수 없는 기사단이 나타났는데, 그들이 바로 연합군이 구하고자 하는 공국의 기사들이었다.

연합군은 공국에 도착하기도 전에 병사의 반을 잃고 말았다. 구울과 공국 기사들의 게릴라 공격과 흑마법사들의 함정에 속수무책으로 당하고 말았다.

두 번째 실수가 바로 여기에서 일어났다.

병사들을 잃었으면 곧바로 회군하는 것이 병법의 원칙이다. 하지만 남대륙 장군들은 다이슨 후작에게 질 수 없다는 질투심으로 인해 전진해 버리고 만 것이다.

물론 남대륙 장군들을 전진하도록 부추긴 것은 암흑 교단이 보낸 첩자들이다.

연합군은 힘겹게 디오르 공국에 도착했다.

하지만 성문이 굳게 닫히고, 그들을 기다리고 있는 것은 구울들이었다. 연합군 장수들은 자신들이 암흑 교단의 계략에 빠졌다는 사실을 눈치챘지만 이미 늦어 버렸다.

북쪽의 극한 추위를 뚫고 디오르 공국에 도착했지만, 그들은 쉬지도 못하고 구울들과 싸워야 했다.

그런데 이번 구울은 국경에서 마주친 구울과 달랐다. 그들이 병사들과 닿는 순간 여기저기서 폭발이 일어났다.

구울들이 가슴에 화약을 지고 병사들에게 달려들었다. 연합군 병사들은 도망치고 싶었지만 성문이 닫혀 도망갈 수가 없었다.

병사들은 점점 성벽 구석까지 몰려 버렸고, 마법사와 사제들만이 원거리에서 구울들이 접근하지 못하도록 공격했다.

그러나 구울의 수는 5만.

소수의 마법사와 사제들이 막기에는 그들의 공격력이 턱없이 부족했다. 연합군은 구울의 자폭 공격에 점점 구석으로 밀려나고 있었다.

*　　*　　*

"가소로운 것들. 죽을 자리인 줄도 모르고 먹이를 덥석

물다니. 크크크."

연합군이 전멸하는 모습을 성 꼭대기에서 지켜보던 베넨이 비릿한 웃음을 지었다. 진 제국 국경에서 10만에 가까운 구울을 잃은 것은 연합군을 바깥으로 끌어내기 위한 미끼였다.

어차피 구울은 소모품이다. 죽은 지 24시간을 넘기지 않은 시체들만 있으면 얼마든지 만들어 낼 수 있었다.

사도 베넨이 만든 진짜 함정은 연합군을 공국으로 유혹해 전멸시키는 것이다. 이를 위해 병사들에게 달려들 구울에게 화약을 달았다.

이번 전략을 위해 암흑 교단에서 가지고 있던 모든 화약을 소비했다. 더 이상 화약을 만들 수 없기에 아쉬움은 있었지만, 후회는 없었다.

벌써 연합군 2/3에 해당하는 원정군이 화약에 의해 괴멸되었다.

마법사와 사제를 필두로 장군들이 괴력을 발휘하며 버티고는 있지만 얼마 버티지 못할 것으로 보인다.

"이제 숨통을 끊어 볼까?"

성 꼭대기에 있던 베넨이 손을 슬쩍 들어 올려 공중으로 신호를 보냈다. 곧 있으면 공국의 기사들이 합공해 연합군의 핵심 전력인 소드 마스터와 마법사, 사제와 성기사의 목숨을 끊으러 올 것이다.

베넨은 하늘을 살피며 때를 기다렸다.

곧 있으면 어둠이 올 것이고, 그렇다는 것은 하루 중에서 흑마법사의 기운이 가장 강해지는 시간이 돌아온다는 의미였다.

"오늘 한 놈도 살아 돌아가지 못할 것이야."

암흑 교단의 사도 베넨은 처절한 비명을 지르며 불길에 휩싸인 연합군 병사들을 바라보며 양팔을 들고 기뻐했다.

*　　　*　　　*

"이럴 수는 없다. 이건 꿈이야."

다인 왕국의 성기사이자 이번 작전의 책임자 두덱은 지금의 상황이 믿어지지가 않았다.

처음 국경의 문을 나설 때만 해도 구울과 암흑 교단이 우습게 보였다. 본격적으로 흑마법사들이 모습을 드러낸 것은 아니지만, 자신이 성기사이고 교회의 사제들까지 끌고 온 이상 무서울 것이 없다고 생각했다.

다이슨 후작과 헤어질 때만 해도 자신만만했다.

암흑 교단의 전력이라고 해봤자 구울과 소수의 흑마법사뿐이라고 생각했다. 구울이 아무리 많아 봤자 살아 움직이는 시체에 불과했다.

핵심은 소수의 흑마법사를 이기는 것이라고 생각했다. 그랬기 때문에 소드 마스터의 숫자는 줄이고 성기사와 사제의 비율을 높였다.

하지만 착각이었다.

자신이 하찮게 생각했던 구울로 인해 반 이상의 병사들이 사망했다. 국경에서 싸웠던 구울들과는 확연히 달랐다.

"속았다. 암흑 교단의 계략에 완전히 속아 버렸다!"

두덱은 진 제국 국경에 있던 구울이 미끼라는 사실을 알아차렸다. 진짜 구울의 힘은 바로 이곳에 있었다.

병사들과 접촉하는 즉시 마법처럼 폭발하는 구울을 창과 칼로는 도저히 어떻게 할 수 없었다. 거기다가 구울의 숫자는 자신이 끌고 온 병사의 두 배가 넘는다.

이래서는 도저히 이길 수 없는 싸움이었다.

두덱은 가슴속 깊이 후회하고 있었다.

"그때 자존심만 내세우지 않았더라도 일이 이렇게 되지는 않았을 것인데."

다이슨 후작을 질투해서 취한 행동이 자신이 끌고 온 연합군의 전멸이라는 결과를 낳았다.

어떻게 해서든지 전력을 유지하기 위해 마법사와 사제들이 사력을 다해 원거리 공격으로 구울을 공격했다. 하지만 그럴 때마다 어디선가 나타난 정체 모를 기사들 때문에 마음 놓고 공격할 수 없는 상황이다.

두덱은 가슴에 손을 넣어 자신의 품을 더듬었다.

손에 잡히는 것은 작은 구슬. 영상 저장 마법이 담긴 구슬이었다.

그는 구슬을 꺼내 현재의 상황을 저장했다. 자신이 죽을 것을 대비해, 연합군 사령관인 루시르 폰 클라우스에게 지금의 상황을 알리기 위해 구슬을 쥐고 손을 들었다.

두덱은 손을 들어 곳곳에서 굉음과 함께 들려오는 폭발 장면과 정체 모를 기사들의 만행 등을 빠짐없이 구슬 속에 담았다.

"총사령관님, 죄송합니다. 이 죄는 지옥에서 갚겠습니다."

그는 침통한 표정으로 마지막 유언을 남기더니 구슬을 잡은 손에 힘을 주어 터트려 버렸다. 그러자 깨어진 구슬 사이로 작은 빛의 입자들이 퍼지면서 공중에서 사라졌다.

두덱은 영상 마법이 무사히 연합군 본진에 닿기를 기도하며 천천히 고개를 들었다. 구울이 죽으면서 일으킨 폭발로 인해 곳곳에 불길이 치솟았다. 거기다가 이곳의 건물들은 나무로 만들어서인지 불길이 옮겨 붙는 속도가 빨랐다.

그의 눈에 마법사와 사제들에게 다가오는 기사들이 보였

다. 더 이상 참을 수 없다고 생각했는지 두덱은 손을 들어 신호를 보냈다.

"모두 목숨을 버릴 각오로 싸워라!"

"와아아아!"

구석으로 몰려 마법사와 사제를 지키던 병사들의 눈에 광기가 돌았다. 어제까지 친구와 형, 동생이었던 자들의 죽음을 보면서도 참아야 했던 울분이 한꺼번에 터져 버린 탓이다.

두덱은 누구보다 앞장서며 마법사와 사제를 위협하는 기사들을 향해 뛰어들었다. 성력을 일으키며 검을 휘두르는 그의 모습에 정체 모를 기사들은 움찔하며 뒤로 물러났다.

"크아아악!"

뒤에서 연합군 병사의 비명이 사방에 울려 퍼졌다.

기사를 향해 달려든 병사는 순식간에 목이 달아났다. 나머지 병사들이 그 기사를 향해 달려들려고 했지만, 자신들보다 몇 배나 많은 구울들이 달려들면서 여기저기서 비명 소리가 끊이지 않았다.

암흑 교단에 포섭된 공국의 기사들은 이런 식으로 치고 빠지는 작전을 계속했다. 병사의 숫자를 줄이고 연합군 장군들을 지치게 만들기 위해 곳곳에 배치된 기사들이 게릴라 작전을 펼쳤다.

"이것들은 뭐야! 크아아아!"

"살려 줘!"

병사들은 속절없이 죽어 갔다.

두텍은 죽어 가는 병사들 속에서 싸우면서도 조용히 기회를 노렸다. 그뿐만 아니라 다른 성기사들도 마찬가지였다. 그들은 마법사와 사제들을 공격하는 기사들을 먼저 죽이기 위해 기다리고 있었다.

잠시 동안 마나 충전을 위해 쉬고 있던 마법사들이 천천히 일어나 캐스팅을 시작했다.

암흑 교단 편에 선 공국의 기사들이 그것을 두고 볼 리가 없었다. 그들은 불나방처럼 마법을 준비하는 마법사들을 향해 달려들었다.

하지만 이것은 두텍과 성기사들이 즉석으로 만든 함정이었다. 그들은 병사들에게서 벗어나 마법사를 향해 정면으로 달려드는 기사들의 옆구리를 노리며 찔러 들어갔다.

"으아아아악!"

"일단 뒤로 물러나라!"

성기사들의 공격에 당황한 공국의 기사들이 다급히 뒤로 후퇴했다. 그러자 마법사들의 손에서 일제히 불덩이가 뿜어져 나갔다.

화르르륵!

쾅! 쾅! 쾅!

살아남은 네 명의 마법사 손에서 화염구가 동시에 폭발했다. 그와 동시에 멀리서 달려오던 구울들이 터지면서 급격히 숫자가 줄어들었다.

공국의 기사들은 목숨을 건졌지만, 화약을 안고 달려드는 구울들의 숫자는 급격히 감소했다.

마법사들은 입에서 피를 토하며 또다시 화염구를 준비했다. 죽음을 각오한 마법 시전이었다.

구울들이 차례대로 터지면서 근처에 있던 병사 대부분이 목숨을 잃었다. 화염구와 구울들이 지니고 있던 화약이 터지면서 성 전체에 불길이 치솟았다.

큰 비가 오지 않는 이상 며칠간 꺼지지 않을 만큼 큰 불이었다.

"우리는 신의 축복을 받은 병사들이다. 모두 힘을 내어 저주받은 자들을 격멸하라!"

성기사 두덱의 외침에도 전장은 점점 어려워졌다. 화약 폭발로 살이 튀고, 그 틈을 기사들이 노리고 있어 연합군이 움직일 수 있는 운신의 폭은 점점 좁아졌다.

그리고 시작된 어둠.

암흑 교단이 연합군 숨통을 완전히 끊어 버리기 위해 준비한 흑마법사들이 검게 하늘을 물들이고 있었다. 가고일을 타고 등장한 흑마법사들은 공중에서 화약을 집어던졌다.

그로 인해 디오르 공국에는 밤새도록 산 자의 울부짖음이 끊이질 않았다. 결국 디오르 공국에 발을 들여놓은 연합군은 아무도 돌아올 수 없었다.

*　　*　　*

"뭐라고! 다시 말해 봐! 지금 전멸했다고 했느냐!"

총사령관 루시르 폰 클라우스의 질문에 부관이 고개를 푹 숙였다.

"암흑 교단의 계략에 완전히 당했습니다. 디오르 공국으로 향했던 연합군은 전멸했고, 애드 공국으로 향한 연합군은 소식이 끊겼습니다."

쾅! 하는 소리와 함께 작전 판이 놓여 있는 탁자가 부서졌다. 루시르의 얼굴이 창백해졌다.

연합군 전력의 반이 날아갔다.

병사를 잃은 것은 가슴 아프지만 큰 걱정은 아니었다. 얼마든지 본국에 연락해서 충원하면 되니까.

어차피 국경의 수비는 남아 있는 5만의 병사로 충분히

버틸 수 있었다.

"성기사들과 사제들은? 그들 중 하나라도 살아 돌아온 자가 없단 말이냐?"

루시르 폰 클라우스의 목소리가 점점 침울해졌다.

연합군 병사들의 죽음은 어쩔 수 없다지만 성기사와 사제들의 죽음은 사정이 달랐다.

암흑 교단과의 전쟁을 위해 교황청에서는 최소한의 성기사와 사제만을 남겨 두고는 대부분 전장으로 파견했다. 그렇다는 것은 더 이상 성기사와 사제는 충원을 기대할 수 없다고 봐야 한다.

"한 사람도 살아 돌아오지 못했습니다. 두덱이 보낸 영상 저장 구슬을 분석한 결과 모두 사망한 걸로 보입니다."

루시르가 걸치고 있던 망토가 펄럭였다. 살기로 인해 그의 몸 안에 있던 마나가 사방으로 뻗쳐 나갔다.

성기사와 사제는 이번 전쟁에서 가장 중요한 전력이다. 암흑 교단의 진짜 전력이라 할 수 있는 흑마법사들을 상대하기 위해서는 성력을 지닌 성기사와 사제가 필수다.

한데 겨우 구울과 정체 모를 기사들에게 전멸했다는 것은 흑마법사가 출전하는 순간 속수무책으로 당할 수밖에 없다는 것을 의미한다.

"내부에 첩자가 있는 것 같습니다. 그렇지 않고서야 이렇게 완벽하게 당할 수는 없습니다."

루시르는 첫 출전에서 대승을 하는 순간, 뭔가 이상하다는 느낌을 받았다. 전쟁의 대세를 결정하는 첫 전투에서 암흑 교단은 너무 무기력하게 쓰러졌다.

너무 쉽게 얻은 승리에 도취한 장군들은 기다렸다는 듯이 출전을 서둘렀다. 연합군 총사령관인 루시르가 만류했음에도 불구하고 장군들은 한 목소리로 출전을 주장했다.

누군가가 중간에서 농간질을 한 것이 분명하다.

가장 의심되는 인물은 애드 공국의 다이슨 후작이다. 그는 매번 자신의 의견에 반대하고 출전을 종용하며 분위기를 뒤흔들었다.

또한 뭉쳐서 하나씩 탈환하라는 총사령관의 명령을 무시하고 군대를 반으로 갈랐다. 결정적으로 전멸하면서까지 영상 저장 구슬을 본진으로 보낸 성기사 두덱과는 반대로, 애드 공국으로 향한 연합군은 아무런 보고도 올라오지 않고 있었다.

"다이슨 후작! 네 이놈!"

루시르는 다이슨 후작이 암흑 교단의 첩자임을 확신하고 있었다.

그렇지 않고서야 원정을 떠난 연합군의 대군이 전멸할 수가 없다. 가는 길목마다 매복이 있었다는 것과, 디오르 공국에 도착하자마자 기다렸다는 듯이 함정을 준비한 것을 볼 때 정보가 새고 있음이 분명하다.

"이 모든 것이 나의 실수다. 억지로라도 말렸어야 하는데."

루시르의 주먹 쥔 손에서 피가 흘러내렸다. 이번 연합군 전력을 짜기 위해 얼마나 공을 들였는지 모른다.

10만의 대군을 유지하기 위해서는 식량만 해도 엄청나게 들어간다. 클라우스 공작가에서는 이번 전쟁에 들어가는 식량의 반 이상을 지원하고 있었다.

그렇게 투자한 덕분에 젊은 나이에도 불구하고 연합군 총사령관의 지위에 오를 수 있었다.

"그 자식을 이길 수 있는 기회라고 생각했는데. 나의 욕심이 화를 불렀구나."

루시르가 이번 전쟁에 직접 참여한 것은 아카드 때문이었다.

그는 노틸러스 제국의 하나밖에 없는 공작이자 재상이었지만, 사람들은 제국을 대표하는 인물로 아카드 백작을 꼽았다.

루시르가 연합군 전쟁에 참여한 것은 아카드에 대한 질투심 때문이다. 그는 열등감을 극복하기 위해 가문의 사유 재산을 투자하며 연합군의 수장을 차지했다.

"개선장군을 꿈꿨는데. 그 녀석 말을 듣지 않고 서두르다가 패장이 되어 버렸군."

아카드는 자신이 도착할 때까지 절대 싸우지 말라는 편지를 보냈다. 암흑 교단을 이길 수 있는 비장의 무기를 준비하고 있으니, 조금만 참아 달라고 적혀 있었다.

하지만 연합군의 반 이상이 무너졌다. 흑마법사와 상대해야 할 교황청의 전력을 모두 잃은 채.

그나마 다행인 것은 모든 전력을 내보내지 않았기에 국경을 수비할 정도는 된다는 것이다. 공격하기에는 부족하지만 성을 지키기에는 충분한 숫자다.

"지금부터 연합군의 출전은 없다. 모든 장군들에게 알려 철저히 수비하도록 지시해라! 그리고……."

루시르는 이를 갈더니 작은 목소리로 지시했다.

"이 시간부로 모든 장군들의 동태를 감시해라. 다른 사람에게 맡기지 말고 철저히 우리 가문의 사람들에게 임무를 맡겨라."

"예! 즉시 명령을 내리겠습니다."

"빨리 움직여라."

이대로 넘어갈 수는 없다. 더 이상 첩자들에게 당하지 않기 위해서는 색출이 필요했다.

"당분간 성문 수비에만 집중하며 첩자 색출에 힘쓴다.

앞으로 북쪽 장군들은 물론이고 나와 함께한 장군들까지 철저히 살펴야 할 것이야."

루시르의 말에 클라우스 기사단장은 긴장한 표정을 지었다. 남대륙 출신 장군들까지 조사하라는 말에 살짝 난색을 표했다.

자칫 자신들이 감시받고 있다는 사실을 알아채기라도 한다면 연합군 내부에 분열이 일어날 수도 있다. 하지만 루시르의 결심은 바뀌지 않았다.

"이제는 가문의 사람들 말고는 누구도 믿을 수 없다. 더이상 당하지 않으려면 아카드 백작이 오기 전까지 첩자 새끼들을 모조리 색출해야 해."

부관이자 가문의 기사단장인 사내가 깊이 고개를 조아렸다.

"명령을 받들겠습니다."

사내는 서둘러 물러났다.

결의에 찬 얼굴을 유지하던 사내는 사령관 막사를 나오자마자 안색이 변했다. 그는 희번덕거리는 눈빛으로 루시르가 있는 막사를 잠시 살펴보더니 비웃음에 가득한 목소리로 중얼거렸다.

"노틸러스 제국의 여우라고 하더니 눈치가 빠른데? 이제 연합군 내부만 휘저어 버리면 끝인가?"

클라우스 가문에서 태어나 기사단장까지 오른 사내의 정체는 암흑 교단의 첩자였다. 할아버지부터 공작가에 투신해 3대가 클라우스 가문을 감시해 왔다.

루시르 입장에서는 3대째 가문에 충성하는 기사단장을 철석같이 믿고 장군들을 감시하는 역할을 맡겼으나 실상은 아니었다.

"이제 슬슬 마무리하는 게 좋겠군."

기사단장은 서둘러 클라우스 기사들이 있는 막사로 향했다. 그는 혼란을 일으킬 목적으로 실력이 떨어지는 기사들만 골라 장군들을 감시하는 임무를 맡겼다.

"드디어 대륙 최고의 가문이 무너지고 눈에 피눈물 흘리는 일만 남은 건가?"

교단에 큰 공을 세울 수 있다는 생각 때문일까?

막사로 향하는 기사단장의 발걸음은 더없이 경쾌해 보였다.

＊　　＊　　＊

남대륙에는 수많은 귀족 영주들이 존재한다.

중앙 정치에 데뷔할 수 있는 영주의 숫자는 한정되어 있기에 보통은 이름 없는 지방 영주로 머물다가 사라진다.

대부분의 지방 영주들은 자신의 처지에 만족하지만, 몇
몇 영주들은 야망을 꺾지 못해 안간힘을 쓴다.

　중앙 정치에 데뷔할 수 있는 방법은 여러 가지가 있다.

　돈으로 중앙 귀족의 줄을 잡든지, 소드 마스터나 마법사
가 되어 명성을 떨치든지.

　그중에서도 가장 쉽고 빠르게 중앙 정치에 데뷔할 수 있
는 방법은 스스로 강해져서 이름을 떨치는 것이다. 하지만
스스로 강해지기 위해서는 영주를 이끌어 줄 뛰어난 스승
과 마나를 상승시켜 주는 영약이 필수다.

　뛰어난 무력을 원하는 것은 작은 가문뿐만이 아니다. 힘
을 중시하는 마법사 가문과 기사 가문들도 자신의 경지를
뛰어넘을 수 있는 힘을 간절히 원했다.

　암흑 교단은 수백 년 전부터 힘을 갈망하는 영주들을 하
나씩 포섭했다.

　시작은 지방의 이름 없는 영주부터였다. 검으로 강해지
길 원하는 자에게는 암흑 기사단의 힘을, 마법으로 강해지
길 원하는 자에게는 흑마법을 이용해 지방 영주들을 끌어
들였다.

　암흑 교단의 손을 잡은 지방 영주들은 상상도 할 수 없을
정도로 빠른 시간 내에 강력한 힘을 얻었다. 그들은 자신이
얻은 힘을 통해 세력이 급성장했고, 대부분 중앙 정치에 데

뷔해 높은 자리를 차지할 수 있게 되었다.

물론 재능이 너무 떨어지는 지방 영주들도 있었다.

암흑 교단은 도저히 성장 가능성이 없어 보이는 영주들에게 자금을 제공했다. 4대 상단을 통해 조달된 자금으로 그들 역시 단시간 내에 대영주로 자리 잡을 수 있었다.

다인 왕국의 프레드릭 가문은 암흑 교단으로부터 얻은 수련법으로 기사 가문이 된 케이스였다. 다인 왕국에서 세 손가락에 꼽힐 정도로 기사 전력이 튼튼한 가문으로, 후작가로 도약하기 위해 힘을 모으고 있었다.

그 시점에 암흑 교단으로부터 은밀한 방문자가 찾아왔다.

*　　*　　*

프레드릭 백작은 연무장에서 명상을 마친 후 천천히 눈을 떴다. 수련하기 전 마나를 모으기 위해 암흑 교단에서 전해 준 호흡법을 하루도 빼먹지 않았다.

명상을 마친 프레드릭 백작 앞에 한 사람이 나타났다. 그는 너무나 놀라 소리쳤다.

"어떤 놈이냐!"

프레드릭 백작은 호통을 치며 칼을 꺼내 들었다.

상대를 살펴보니 검은 옷으로 얼굴과 몸 전체를 가리고 있었다. 대부분 이런 자들은 암살자일 가능성이 높았다.

"날 죽이러 온 암살자냐?"

"진정하고 이거나 보시게."

지글지글 끓는 목소리가 연무장에 울려 퍼지며 프레드릭 백작 앞에 무언가가 불쑥 나타났다. 백작은 불청객의 움직임을 보지 못했기에 크게 놀랐다.

프레드릭 백작의 등으로 한 줄기 서늘한 땀방울이 흘러내렸다.

"그, 그것이 뭔가?"

프레드릭 백작은 상대의 움직임을 견제하며 그가 내민 것을 살펴보았다. 불청객이 내민 것은 금속 재질의 조각품이었다.

조각품을 본 백작의 눈이 찢어질 듯이 커졌다.

"그 조각품은……!"

미스릴로 만들어진 듯한 어두운 은회색 조각의 중앙에는 검은 드래곤이 새겨져 있었다.

"무슨 일로 오셨소?"

백작은 자신도 모르게 마른침을 삼켰다. 이것을 가지고 왔다는 것은 앞에 있는 불청객이 암흑 교단에서 파견된 기사라는 것을 의미한다.

'어쩐지 아무런 기색을 느낄 수 없더라니.'

백작은 천천히 칼을 집어넣었다.

자신의 검술이 암흑 교단으로부터 흘러나온 이상, 암흑 기사를 이길 가능성은 전혀 없었다. 자신이 불청객의 등장을 알아채지 못한 것도 이해가 갔다.

"때가 왔다. 교단의 명을 이행하라."

암흑 기사의 말에 프레드릭 백작은 얼굴을 찌푸렸다. 하지만 명령에 따를 수밖에 없었다.

검술과 마나 호흡법을 받는 조건이었으니까.

"제가 할 일이 무엇입니까?"

백작의 질문에 암흑 기사의 입이 열렸다.

"교황청을 쳐라."

명령을 들은 프레드릭 백작이 경악했다. 도저히 따를 수 없는 명령이다. 고작 자신이 소유한 기사단으로 거대한 교황청을 치라니.

계란으로 바위 치는 격이다.

성기사와 사제들이 대거 연합군에 합류했다고는 하나, 역사상 최고의 성기사단장이라는 안데르센 2세와 그를 따르는 용맹한 성기사들은 성녀를 지키기 위해 그대로 남아 있었다.

자신의 가문이 아무리 다인 왕국에서 세 손가락에 꼽히

는 기사단을 소유했다고 해도 교황청은 이길 수 없었다. 거기다가 사제들의 숫자와 신을 따르는 신도들의 수만 해도 어마어마했다.

"우리 가문을 버리시는 거요?"

"교단은 한 번 잡은 손을 절대 놓지 않는다."

"그렇다면 어찌 이런 말도 안 되는 명령을 내리시는 거요. 가문의 기사를 모두 투입한다고 해도 교황청 정문도 뚫기 힘듭니다."

"왜 혼자라고 생각하는가?"

암흑 기사의 말에 백작은 의아한 표정을 지었다.

"그렇다면……?"

"암흑 교단의 은혜를 받은 곳이 프레드릭 가문 하나뿐인 줄 알았느냐?"

프레드릭 백작의 눈이 커졌다.

물론 자신만이 암흑 교단의 선택을 받았다고는 생각하지 않았다. 하지만 그 숫자가 많을 것이라고도 생각지 않았다.

다인 왕국은 교황청이 있는 곳이고, 성기사들로 인해 암흑 기사들이 활동하기에 가장 어렵기 때문이다.

"설마 그 말씀은……?"

"암흑 교단의 은혜를 입은 남대륙의 오십 개가 넘는 가문들이 이곳, 다인 왕국으로 향하고 있다. 자네는 그들과 합류해서 동시에 교황청을 친다."

프레드릭 백작은 암흑 기사의 말에 놀라 몸을 휘청거렸다. 암흑 교단이 대단한 줄은 알았지만 오십 개가 넘는 가문을 포섭했을 줄은 상상도 못 했다.

'오십 개가 전부가 아닐지도 모른다.'

대수롭지 않다는 암흑 기사의 말투로 볼 때, 더 많은 세력이 있지만 일부만 움직이는 듯했다.

'내가 잡은 줄이 대단하고 무서운 곳이군.'

백작은 신중한 표정으로 생각에 잠겼다.

어차피 한 번은 지켜야 할 약속이라고 생각했지만, 이렇게 대담한 계획을 실행시킬 줄 상상도 못 했다.

교황청을 치겠다니.

"교황청만 공격하면 우리의 약속은 끝나는 것이오?"

"그렇다. 더 이상 교단에서 무리한 요구를 하지 않을 것이니 안심해도 좋다."

암흑 기사의 말에 백작은 무겁게 고개를 끄덕였다.

"알겠소."

프레드릭 백작의 대답에 암흑 기사는 만족스러운 표정으로 사라졌다.

"공격할 시간은 편지로 알려주지."

불청객은 왔던 것처럼 사라졌지만, 그의 목소리는 연무

장에 맴돌았다.

프레드릭 백작은 두근거리는 마음을 다잡기 위해 명상에 들어갔다. 아무래도 며칠 동안 편안한 마음으로 지내기는 힘들 것 같았다.

차라리 명상에 빠져 조금이라도 더 힘을 기르는 것이 나아 보였다.

연무장에는 흑마력을 모으려는 프레드릭 백작의 숨소리만이 나지막하게 울려 퍼지고 있었다.

*　　　*　　　*

"성하! 피하셔야 합니다!"

"무슨 일로 예배 시간을 방해하는가?"

예배를 주관하던 교황 페드로 3세는 호들갑을 떨며 들어오는 성기사를 향해 인상을 찌푸렸다.

"적들이 교황청으로 쳐들어오고 있습니다."

성기사의 보고에 교황은 버럭 소리를 질렀다. 그는 예배를 중단시키고 급히 집무실로 향했다.

"적이라니? 감히 누가 교황청을 향해 칼을 들이민단 말인가!"

"정체는 파악할 수 없으나 천 명에 이르는 군사들이 교황청을 해체하라며 다인 왕국으로 향하고 있다는 정보가 들어왔습니다."

"성기사단장! 안데르센 2세는 뭘 하고 있느냐!"

"적들의 침입에 대비해 성기사들과 사제들을 모아 전략을 짜고 있습니다. 곧 이곳에 당도할 예정입니다."

성기사의 말이 끝나기가 무섭게 성기사단장 안데르센 2세가 급하게 교황 집무실 문을 열고 들어왔다.

"안 그래도 그대를 찾고 있었다네. 이게 대체 무슨 일인가?"

교황의 질문에 안데르센은 신중하게 대답했다.

"암흑 교단이 심어둔 세력들이 모습을 드러낸 모양입니다. 성기사들과 사제가 대거 빠져나간 지금이 기회라고 여긴 것 같습니다."

"그럼 이제 어떻게 해야 하는가. 적을 막아 낼 수는 있는가?"

"너무 걱정하지 않으셔도 됩니다."

적들의 수가 천에 다다른다고는 하지만 최강의 성기사단과 사제, 그리고 신을 믿는 신도들이 칼을 들면 막지 못할 이유가 없다.

더구나 다인 왕실이 보유하고 있는 기사들과 병사들만 해도 충분히 적들을 제압하고도 남았다. 흑마법사들만 끼어 있지 않는다면 말이다.

"적들의 동태를 확인해 본 결과, 대부분 중앙 정치에 불만이 많은 귀족 세력들로 보입니다. 최근 그들의 세력이 급하게 불어난 것으로 보아 배후에 암흑 교단이 있을 것으로 사료됩니다."

"허어…… 성녀가 나타났다고 감사의 기도를 드리려는 순간 이런 시련을 주시다니. 주신이시여……."

교황 페드로 3세는 갑작스러운 적들의 출현에 놀라움을 금할 수 없었다. 북쪽에 출현한 구울들만 해도 머리가 아플 지경인데, 남대륙의 지방 영주들까지 들고 일어나니 난처할 수밖에 없었다.

"그럼 이제 어떻게 할 생각인가? 저들을 무력으로 제압할 생각이신가?"

"일단 대치만 할 생각입니다. 북쪽이 어려운 상황인데, 우리 손으로 우리의 전력을 벨 수는 없으니까요."

교황은 안데르센 2세의 보고에 한숨을 쉬었다. 어쩔 수 없이 그의 의견에 동의할 수밖에 없는 상황이었다.

그러나 너무 화가 나 참을 수가 없었다.

교황청에 칼을 겨눴다는 것은 신에게 칼을 겨눈 것이나 다름없었다. 적들을 그냥 놔둔다는 것은 신의 권위가 실추될 수도 있는 중대한 사안이었다.

"적들에 대해서는 너무 심려하지 않으셔도 됩니다. 어차피 왕실에 통보해 다인 왕국으로 못 들어오게 하면 되니까요. 문제는 내부의 적입니다."

성기사단장의 말에 교황의 눈이 커졌다.

"설마 다인 왕국 내부에도 악마와 손을 잡은 자가 있단 말인가?"

"아마 그럴 것이라고 생각됩니다. 특히 100년 내에 급성장한 가문들과, 갑자기 소드 마스터나 마법사에 오른 자들을 용의선상에 둔다면 지금 나타난 적들보다 훨씬 많을 것으로 예상됩니다."

기사단장의 말에 교황은 물론이고 고위 사제들도 입을 떡 하니 벌렸다. 어떻게 이럴 수 있단 말인가.

암흑 교단의 은밀함과 치밀함에 교황은 치를 떨었다.

"천 년 전 고대 전쟁의 패배를 풀기 위해 대륙을 침범했다고 하더니. 과연 대단히 무서운 악마들이로군."

교황의 목소리가 침울하게 잠겼다.

"이제 곧 남대륙에도 큰 혼란이 찾아올 것입니다. 연합군이 돌아오지 않는 이상 그들은 이 기회를 놓치지 않을 것입니다. 암흑 교단은 흑마법사들의 천적인 우리 교황청을 계속 무너뜨리려 할 것입니다."

"그렇겠지."

교황 페드로 3세는 그들의 계략에 경악했다. 암흑 교단은 정말 무서운 단체였다. 아카드에 의해 많은 계획이 어긋났음에도 불구하고도 이 정도의 계략을 준비하다니.

만약 아카드라는 인물이 나타나지 않았다면 진즉에 소로스에 의해 지배당했을 것이라고 생각하니 소름이 돋았다.

북쪽에서 진 제국을 무너뜨린 다음에는 구울들을 이끌고 남대륙과 전쟁을 벌일 것으로 보였다. 어차피 교황청이 무너지면 그들을 상대할 수 있는 세력은 없을 테니까.

그렇게 된다면 대륙은 긴 암흑기에 접어들 것이다.

조금이라도 그들에게 위협이 될 만한 인물은 다 죽일 것이고, 결국에는 모든 사람들이 암흑 교단의 노예가 되어 가축 신세가 될 것이다.

"앞으로의 계획이 뭔가? 방금 전, 대책을 수립하러 갔다고 하던데."

교황의 질문에 성기사단장 안데르센 2세는 심각한 표정으로 대답했다.

"일단 외부의 적은 왕실에 맡기고, 성기사들을 동원해 내부의 적들을 색출할 생각입니다. 어차피 적들의 힘은 흑마력에 기반을 둔 이상 우리의 눈을 피할 수는 없을 것입니다."

"허허……."

교황은 안데르센의 대답을 듣고 고개를 저었다.

내부의 적과 싸우는 것은 쉽지 않은 일이다. 그들을 조사하는 과정에서 교황청에 반발해 등을 돌릴 수도 있었다.

"반발이 만만치 않을 것인데?"

"하지만 꼭 해야 할 일입니다. 지금 하지 않으면 악마의 종자들을 뿌리 뽑을 수가 없습니다."

안데르센 2세의 굳은 결의에 교황은 고개를 끄덕이며 작전에 동의했다. 그것만이 교황청에서 할 수 있는 최선책이었다.

Chapter 10.
부녀의 몰락

여자가 한을 품으면 오뉴월에 서리가 내린다고 했던가?

샤론 공주는 한 달간 하루도 빠짐없이 아카드의 숙소를 방문했다. 이런 자신이 부끄러웠는지 언제부턴가는 왕실 기사의 호위 없이 혼자 오기 시작했다.

그녀는 독기가 바싹 오른 상태였다.

아무리 자신이 마음에 들지 않는다고 해도 한 달 동안 공주의 방문을 거절하는 것은 너무하다는 생각이 들었다.

"오늘도 여전히 주무시겠죠?"

"하아. 공주님."

윌 크로우 2세는 한숨을 내쉬었다.

처음에는 공주의 행동이 흥미로웠지만, 한 달 동안 매일 미안한 표정으로 사과하는 것도 고역이었다.

'토마스가 매번 삐딱하게 마스터를 대하는 것도 이해가 돼.'

아카드와 지낸 지 한 달밖에 되지 않았지만 윌 크로우 2세는 토마스의 심정이 이해가 됐다. 오히려 그 정도밖에 삐뚤어지지 않았다는 점에서 존경심이 일 정도였다.

"죄, 죄송합니다. 공주님."

"상단주가 미안할 게 뭐가 있나요."

"정말 죄송합니다."

"너무하네요. 노틸러스 제국에서는 왕족을 이렇게 대하나 봅니다."

샤론 공주는 굳게 닫힌 아카드의 방문을 노려보았다. 그녀의 눈동자에는 불길이 활활 타오르고 있었다.

왕실의 일원으로 태어나 절대 감정을 드러내지 않아야 한다고 배웠지만, 지금은 노골적으로 화를 드러냈다.

'나랑 밀당하는 거라면 당신의 목적은 성공한 거야. 하지만 그 대가로 평생 내 발밑에서 무릎 꿇게 만들어 줄 거야.'

벌써 한 달째였다.

한 달 동안 매일같이 이곳을 찾아왔지만 얼굴 한 번 보지 못하고 퇴짜를 맞았다.

그 때문에 머리 꼭대기까지 화가 치민 상태다.

오늘도 만나지 못한다면 그녀는 아버지에게 포기한다고 고할 생각이었다. 온갖 비난은 들을 테지만, 자존심 상하는 것보다는 낫다고 생각했다.

'감히 일개 백작이 공주를 이렇게 무시한단 말이지?'

샤론 공주는 주먹을 부르르 떨었다.

그녀의 눈동자에는 분노를 넘어 살기마저 맴돌았다.

태어나서 이렇게 비참하다고 생각한 적은 처음이다.

"이만 가 볼게요."

"마스터가 일어나시면 공주님께서 방문하셨다고 전해드리겠습니다."

"그럴 필요 없어요."

"갑자기 왜 그러십니까?"

"오늘이 마지막이에요. 그렇게만 전해 줘요."

샤론 공주는 수치심을 감추기 위해 몸을 돌렸다.

그 순간이었다.

절대 열리지 않을 것 같았던 아카드의 방문이 열렸다. 그 속에서 공주가 그토록 원하던 목소리가 흘러나왔다.

"안으로 모셔."

아카드의 차가운 목소리였다.

윌 크로우 2세는 안도의 한숨을 내쉬었다.

30년처럼 느껴질 만큼 조마조마했던 한 달이 끝났다.

"공주님. 들어가십시오."

그는 마치 자신의 일처럼 기쁜 표정을 지었다.

샤론 공주의 표정이 솜사탕처럼 풀어졌다.

오늘 만날 수 있을 거라고는 생각도 못 했는지 그녀는 쉽게 들어가지 않았다. 화장실로 들어가 외모와 옷매무새를 가다듬고 나서야 우아한 발걸음으로 걸어갔다.

화장을 고쳐서일까?

열등감에 가득했던 샤론 공주의 얼굴에 자신감이 넘쳐흘렀다.

두 눈에 서려 있던 분노는 사라진 지 오래다.

평소의 모습대로 차갑고 도도한 눈빛으로 돌아왔다.

'그에게 말려들지 않으려면 흥분하면 안 돼.'

처음 아카드와 만났을 때만 해도 비장의 무기인 서큐버스 날개 가루를 쓰지 않으려 했다. 그만큼 그에게 호감이 있었고 진정으로 사랑까지 꿈꾸고 있었다.

하지만 이제는 다르다.

샤론 공주에게 이것은 전쟁과 같았다.

누가 먹고 먹히느냐의 싸움이라고 생각했다.

"저는 잠시 상단 업무 관계로 가 봐야겠습니다. 좋은 시간 보내시기를 기원하겠습니다."

옆에 있던 윌 크로우 2세가 정중하게 인사를 하고는 바깥으로 사라졌다.

'드디어 기회가 왔다.'

공주는 몰래 작은 상자 하나를 꺼냈다.

아카드를 유혹할 수 있는 비장의 무기가 상자 안에 들어 있었다.

서큐버스 날개 가루.

공주는 조심스럽게 상자 속에 들어 있는 가루를 머리부터 발끝까지 골고루 뿌렸다. 허공에서 보라색 빛이 반짝거렸다.

'이 싸움은 당신이 시작한 거야. 날 원망하지 마.'

샤론 공주는 비어 버린 상자를 정원에 버린 뒤 아카드가 머물고 있는 방으로 당당하게 걸어갔다.

마침내 아카드의 방이 드러났다.

어딘가 차가운 분위기를 풍기는 아카드의 방 안을 본 샤론 공주가 고개를 갸웃했다.

이곳은 다인 왕국에서 가장 유명한 숙소다.

공주는 종종 친구들과 이곳에서 파티를 벌이곤 했다. 또한 많은 귀빈들을 배웅하기 위해 이곳에 왔다.

그렇기 때문에 방 안에 무엇이 있는지, 계절마다 어떤 색깔의 이불을 쓰는지 훤히 꿰뚫고 있었다.

하지만 오늘은 어딘지 낯설었다.

가구와 벽지, 침대와 책상은 그대로지만 어딘지 모르게 분위기가 달랐다.

햇살이 따스한 정오임에도 불구하고 이 방은 차갑게 느껴졌다. 또한 사람들의 왕래가 가장 왕성한 시간임에도 불구하고 이곳은 두 사람만 있는 것처럼 고요했다.

'차분해야 해.'

샤론 공주는 그런 감정을 내색하지 않으며 천천히 의자에 몸을 묻었다. 그녀의 맞은편에는 아카드가 앉아 있었다.

차가운 얼음처럼 눈을 감고 있는 아카드에게서 왠지 모르게 시퍼런 칼날 같은 예리한 기운이 느껴졌다. 하지만 그녀는 차분한 목소리로 그에게 인사를 건넸다.

"아카드 백작님. 정말 오랜만에 보는 것 같네요."

샤론 공주는 '정말 오랜만에'라는 부분에 힘을 주었다.

"눈치는 있는 줄 알았더니 철부지 아가씨였나?"

아카드가 피식 웃으며 샤론 공주를 바라보았다.

그의 눈동자에서 철저한 무시와 비웃음이 고스란히 그녀에게 전해졌다.

"그렇게 매정하게 대하지 마시고."

샤론 공주가 천천히 일어났다. 그녀의 눈가는 촉촉하게

젖어들었다.

"절 어여삐 봐 줄 순 없나요?"

공주는 슬픈 목소리로 고개를 살포시 떨구며 아카드에게 다가왔다. 그녀의 발걸음, 몸짓, 행동 하나하나가 서큐버스의 날개 가루와 합쳐져 방 안을 후끈 달아오르게 만들었다.

"그동안 괴롭힌 걸로 충분하지 않나요? 이제는 내게도 기회를 줘요."

그녀의 손끝이 아카드의 얼굴을 쓰다듬고 지나갔다. 낯선 여인이 자신을 희롱하고 있음에도 불구하고 아카드는 아무 제지도 하지 않았다.

열기가 후끈 달아오른 방 분위기와는 달리 그의 눈은 점점 더 차갑게 가라앉고 있었다.

샤론 공주가 움직일 때마다, 그녀의 몸에서 남자를 흥분시키는 향기가 흘러나왔다. 만약 아카드가 아닌 다른 남자였으면 당장이라도 그녀를 덮쳤을 것이다.

그러나 상대를 잘못 골랐다.

콰악!

갑자기 아카드가 자신의 얼굴을 더듬는 타인의 손을 낚아챘다.

그러자 샤론 공주는 '그러면 그렇지.'라는 미소를 지었다. 그가 욕구를 이기지 못하고 자신을 침대에 눕히려 한다고 오해한 것이다.

하지만 아카드의 손이 샤론 공주의 목을 움켜쥐었다. 그러고는 천천히 들어 올렸다.

"몸에서 이상한 냄새가 나네."

"이게 무슨 짓인가요?"

공주는 공중에서 몸을 비틀며 소리쳤다.

"그냥 참아 주려고 했는데 도저히 고약해서 참을 수가 있어야지. 남을 만나기 전에 목욕을 하고 와야지. 안 그래?"

"고약한 냄새라고요?"

아카드의 비꼬는 말에 그녀는 최대한 냉정을 찾으려고 노력했다. 하지만 그럴수록 그의 손은 점점 조여 오고 금방이라도 죽을 것 같은 공포가 일어났다.

"날 죽이시게요? 이러고도 무사할 것 같나요?"

콰득!

공주의 목을 움켜쥔 아카드의 손에 힘이 점점 들어간다.

"지금까지 그런 말을 수도 없이 들었지. 하지만 보시다시피 아주 멀쩡해. 그런데 말이야, 그 말을 한 사람들은 어떻게 됐을 것 같아?"

"흐으으!"

샤론 공주는 발버둥 쳤다.

그녀의 얼굴에서 점점 핏기가 사라졌다. 하얗게 질린 얼굴은 금방이라도 숨이 막혀 질식사할 것 같았다.

쾅당!

아카드는 거칠게 샤론 공주의 몸을 바닥에 내동댕이쳤다. 평생 한 번도 당해본 적 난폭한 폭력이었다.

"하악. 하악."

샤론 공주는 바닥에서 거칠게 숨을 몰아쉬었다. 그녀는 조금이라도 더 많은 공기를 마시려는지 가슴이 거칠게 움직였다.

아카드는 그런 공주의 행동을 경멸하는 눈빛으로 내려다보았다.

"이거 어디서 구한 거지? 냄새가 고약한 걸 보니 소로스 은행장과 관련이 있는 것 같은데."

공중에서 작은 상자 하나가 아카드의 손에 날아왔다. 서큐버스 날개 가루가 담겨져 있던 상자다.

"그, 그걸 어떻게?"

공주의 대답을 듣자마자 아카드의 입에 조소가 피어올랐다. 그의 몸에는 물의 정령이 잠들어 있었다.

말을 지지리 안 듣는 정령이지만 계약자의 몸에 조금이라도 해를 끼치는 것이 들어오면 여지없이 집어삼켜 버린다.

그레고리 2세와 샤론 공주는 큰 실수를 한 것이다.

"네년은 물건을 쓰지 말았어야 했어. 너의 행동으로 인해 다인 왕국의 주인은 바뀌게 될 것이다."

아카드는 샤론 공주가 나간 후, 자신도 모르게 인상을 살짝 찌푸렸다. 그에 대해서 잘 아는 사람이라면 얼마나 화가 난 상태인지 알 수 있을 정도다.

"애비나 자식이나 둘 다 마음에 안 들어."

소로스와 관련된 물건이기에 더더욱 분노가 쉽게 가라앉지 않았다. 대부분 소로스가 엮이기만 하면 피를 보게 된다.

처음 샤론 공주의 방문을 허락했을 때만 해도 잘 달래서 보낼 작정이었다.

에레나가 있는 이곳에서 피를 보고 싶지 않았다.

하지만 샤론 공주가 남자를 홀리는 물건을 뿌렸고, 하필 그 물건이 소로스와 관련이 있다고 생각하니 참을 수가 없다.

그런 샤론 공주가 곱게 보일 리가 없었다.

아카드는 공주가 사라지자 더욱 기분이 나빠졌다.

"죽여 버릴 걸 그랬나?"

아카드는 자신의 손을 바라보며 한숨을 쉬었다.

＊　　＊　　＊

"폐하. 괜찮으십니까?"

궁중 대신이 조심스럽게 물었다.

그의 표정에는 걱정이 가득했다.

"자식 놈 하나 있는 게 도움이 안 되는군. 남자 하나 제 사람으로 만들지 못하고 말이야."

방금 전 샤론 공주의 보고가 들어왔다. 상심한 채 문을 잠그고 몇 시간째 울고 있다는 보고다.

그렇다는 것은 딸이 실패했다는 것을 의미한다.

'멍청한 것.'

국왕은 자세한 이야기를 듣기 위해 딸의 방에 직접 찾아 갔다. 아카드와의 만남에서 큰 충격을 받았는지 공주는 몸을 떨며 아무 말도 하지 않았다.

'후우.'

최근에는 정말 되는 일이 하나도 없었다.

성녀가 탄생한 이후로 교황청의 영향력은 점점 커지고 왕실에 대한 잔소리도 점점 심해졌다. 정말 이대로 가다가는 나라가 통째로 교회에 넘어갈 것만 같았다.

'이대로 나라를 넘겨줄 것 같으냐. 무슨 수를 써서라도

아카드 백작을 내 손에 넣을 것이다. 그래서 저 오만한 교회가 내 발 밑에 무릎 꿇게 만들어 주지.'

그레고리 2세는 궁중 대신을 바라보며 물었다.

"내일이라고 했나?"

"성녀가 내일 만찬에 참석한다는 대주교의 언질을 받았습니다. 만찬이 시작되기 전에 독대 자리를 만들어 놓겠습니다."

"그러게. 이번에는 내가 직접 나서야겠어. 만반의 준비는 다 했겠지?"

국왕의 말에 궁중 대신이 심각한 표정으로 고개를 끄덕였다. 두 사람의 논의는 밤늦게까지 이어졌다.

*　　　*　　　*

그레고리 2세와 에레나가 만났다.

일반적인 독대 장소가 황제의 집무실인 것과는 다르게 이번에는 만찬이 열리는 홀 중앙에서 성사되었다. 홀로 들어오는 통로 양쪽에는 검은 천막이 둘러져 있고 중앙에는 탁자와 의자 두 개만이 있을 뿐이었다.

"성녀께서 아카드 백작의 결혼식에 축복을 해 주셨으면 하오."

국왕의 첫 마디.

에레나의 눈동자가 흔들렸다.

다인 왕국의 국왕 그레고리 2세가 신앙 상담을 하고 싶다고 해서 왔더니 다짜고짜 아카드의 혼인 이야기를 꺼내는 것이 아닌가.

그녀의 얼굴이 창백해졌다.

무슨 말은 해야 하는데 도저히 입이 떨어지지 않았다.

"저…… 저는 폐하께서 무슨 말씀을 하시는지."

"성녀와 아카드 백작 사이에 추한 소문이 흘러나오고 있소. 이번 결혼이 성사되면 두 사람 사이의 안 좋은 소문은 사라질 것이 아니오. 그러니 결혼이 잘 성사될 수 있도록 옆에서 많이 도와주시오."

에레나는 애처롭게 몸을 떨고 있었다. 그 모습이 마치 한 떨기 꽃과 같아 보는 사람에게 절로 동정심을 일으켰다.

하지만 그레고리 2세는 계획대로 밀고 나갔다.

이 나라를 위해서, 더 솔직히 말하면 자신의 야심을 위해서도 공주와의 결혼은 반드시 성사시켜야 했다.

"설마 신의 여인이 된 분께서 신도를 버리고 한 남자를 선택하는 바보 같은 짓을 하지는 않겠지요? 그렇게 된다면 성녀는 물론이고 아카드 백작의 명성에 커다란 누를 끼치게 될 것이오. 잘 생각하시오."

그 말에 에레나는 눈을 동그랗게 떴다. 그러고는 이내 무거운 표정으로 고개를 저었다.

"우선 그 사람과 이야기를 해 보겠습니다. 그리고 결정 내리도록 하겠습니다."

에레나는 단호하게 자신의 생각을 밝혔다.

그녀는 아직 아카드와 하고 싶은 일이 많았다.

정식으로 그와 사귄 적도 없고, 가문의 오라버니에게 마음을 드러낸 적은 없지만 그를 놓아 주고 싶지는 않았다.

결정적으로 그녀가 성녀가 된 이유는 자신의 아버지와 모건 백작을 낫게 하고 싶어서였다. 신에 대한 믿음이 신실해서 교황의 뜻에 따른 것이 아니다.

분명한 것은 아카드가 다른 사람과 결혼하는 것이 싫다는 것이었다. 그가 다른 사람과 결혼을 한다면, 거기다가 결혼을 축하해 주는 들러리가 된다면 미쳐 버릴 것 같았다.

"허어. 정녕 성녀께서는 만인의 비난을 받고, 아카드 백작이 무너지는 것을 봐야 정신을 차리시겠소?"

국왕은 생각처럼 일이 풀리지 않자 목소리를 높였다. 교황이 옆에 있으면 단박에 성녀 모독죄로 화형을 당해도 마땅한 행동이다.

"저는 제 뜻을 굽힐 생각이 없습니다. 대신 아카드 백작이 혼인에 동의하면 저는 깨끗이 물러나야 되겠지요."

"정말 이렇게 고집을 부리셔야겠소이까? 국왕인 내가 이렇게 부탁하는데도?"

"어차피 혼인은 두 사람의 마음이 중요한 것 아니겠어요? 저는 억지로 아카드 백작에게 결혼을 강요할 순 없습니다."

국왕은 그 말에 한숨을 내쉬었다.

그러고는 천천히 일어나더니 의미심장한 눈빛으로 당부했다.

"어쩔 수 없군. 이 모든 건 성녀가 자처한 것임을 잊지 마시오."

"그게 무슨?"

"천막을 걷어라!"

그레고리 2세의 목소리가 홀 안에 가득 퍼졌다.

촤악!

갑자기 통로 양옆을 막고 있던 검은 천막이 소리를 내며 바닥으로 떨어졌다.

"다, 당신!"

에레나는 너무 놀라 말을 잇지 못했다. 얼마나 당황했는지 눈이 큼지막하게 커지고 손으로는 급하게 입을 틀어막고 있었다.

천막이 떨어지자 아무도 없을 줄 알았던 홀 안에 수많은 사람들이 나타났다. 대부분 다인 왕국의 신하들로, 궁중 대신의 호출을 받고 지금까지 숨어 있었다.

대부분의 사람들이 에레나를 적의에 가득한 눈빛으로 노려보았다.

"놀랍지 않나? 성녀가 한 남자를 사랑하는 평범한 여인이었다니."

웅성웅성.

신하들은 한 목소리로 성녀와 교황청을 성토했다.

"성녀는 가짜요. 당장 저년을 잡아들이시오."

"우리를 기만한 교황에게도 항의합시다."

에레나의 다리가 풀렸다.

수치심을 느꼈거나 나쁜 짓을 해서가 아니다.

국왕이 자신을 함정에 빠뜨렸다는 배신감과 수많은 사람들이 자신을 욕하는 상황이 믿어지지가 않았다.

"성녀는 자신의 발언에 반드시 책임지게 될 것이오. 아무리 아카드 백작의 힘이 대단하다고 하지만 성녀를 구해 줄 순 없을 것이오."

그레고리 2세는 의미심장한 미소를 짓더니 에레나에게 작은 목소리로 은밀하게 유혹했다.

"지금이라도 마음을 돌리는 것이 어떻소. 그럼 이 모든 일은 내가 묻어 줄 수 있는데."

"그건……."

에레나는 넋이 나갔는지 아무 말도 하지 못했다.

그때였다.

갑자기 홀 앞에서 근위 기사의 목소리가 들려왔다.

"아카드 백작 납…… 으악!"

쾅!

홀을 막고 있던 문이 부서지고 방금 전 아카드의 방문을 소개했던 것으로 보이는 기사 하나가 피투성이가 된 채 쓰러져 있었다.

"처음 뵙겠습니다. 아카드라고 합니다."

아카드는 정중하고 우아하게 귀족처럼 인사를 하더니 신하들을 향해 팔을 벌렸다.

"파티를 시작해 볼까요?"

칠흑의 어둠처럼 검은 슈트와 검은 머리카락. 거기에 눈에 보이는 것마다 다 빨아들일 것만 같은 검은 눈동자로 국왕을 쳐다보는 남자.

아카드가 모습을 드러낸 순간 홀 안에는 칼끝에 서 있는 것 같은 첨예한 긴장감이 흐르기 시작했다. 방금 전까지 소란스러웠던 분위기는 순식간에 고요해졌다.

아카드 한 사람이 등장했을 뿐인데 좌중은 그에게 압도되었다.

그는 지금 화가 많이 난 상태였다.

자신의 사람이 곤란을 겪고 있는 이 상황이 마음에 들지 않았다. 자연스럽게 그의 몸에서는 엄청나게 거친 정령의 기운이 활활 타올랐다.

이 모든 계획을 꾸민 그레고리 2세도 긴장하지 않을 수 없었다.

국왕은 어색한 표정을 지으며 아카드를 맞이했다.

"아…… 아카드 백작. 여기까진 어쩐 일로."

아카드는 아무 대답도 하지 않았다.

그는 에레나를 쳐다보며 천천히 발걸음을 옮겼다.

대신들은 아카드가 지나갈 때마다 고개를 숙였다. 자신이 원해서 한 행동이 아니었다.

아카드의 몸에서 내뿜는 압도적인 힘에 본능적으로 허리를 숙였다. 대신들의 등은 이미 땀으로 흠뻑 젖어 있었다.

아카드의 시선이 처음으로 다른 사람을 쳐다보았다.

그가 시선을 옮긴 대상은 그레고리 2세.

순식간에 국왕은 몸이 얼어 버렸다.

다가오는 사내의 눈빛에서 공포를 느낀 것이다.

점점 다가올 때마다 자신을 옥죄어 오는 압박감이 국왕의 몸을 잠식해 오고 있었다.

그러자 국왕은 공포를 떨쳐내기 위해 큰 소리로 외쳤다.

"귀빈이 오셨으니 파티를 시작하라!"

그레고리 2세의 계획은 이러했다.

성녀의 본심을 대신들에게 알려 수치심을 안겨 준 뒤 왕국 전역에 이 사실을 알릴 셈이었다. 아카드의 연인으로 알려진 에레나와 교황청을 동시에 압박하려는 계획이었다.

그렇게만 된다면 아카드와 에레나는 다시는 만날 수 없게 된다. 사람들의 손가락질을 받는 사이는 결코 오래갈 수 없기 때문이다.

그러고 난 뒤 아카드에게 다인 왕국 차기 국왕을 조건으로 공주와 혼인을 성사시키려고 했다.

일석삼조를 노린 그레고리 2세의 계획은 완벽했다.

국왕은 에레나가 돌아가면 자축의 의미로 신하들과 파티를 즐기려고 했다. 이를 위해 수많은 음유시인들을 초청했고, 탁자 위에는 산해진미들이 올라오고 있었다.

하지만 아카드의 등장으로 즐거워야 할 파티장은 재판장으로 바뀌었다. 사람들은 아카드의 행동 하나하나에 신경을 날카롭게 곤두세웠다.

"다인 왕국 음식은 언제 먹어도 질리지 않는단 말이야."

아카드는 상석에 자리 잡았다. 오른쪽에는 에레나가 굳은 표정으로 앉았다.

"모두 듭시다."

그는 마치 자신이 이곳 주인이라도 된 것처럼 음식을 권했다.

"국왕도 드십시오."

"하, 하. 많이 드십시오."

그리고 시작된 만찬의 시간.

하지만 파티라고 하기에는 분위기가 너무 삭막했다.

마치 허허벌판에서 혼자 밥을 먹는 느낌이랄까?

그레고리 2세는 어떻게든 분위기를 만들기 위해 억지로 입을 열었다.

"이렇게 두 분이 파티에 참여해 주시니 영광입니다. 그 의미로 제가 특별한 술을 한잔 대접하지요."

국왕은 궁중 대신을 향해 고개를 끄덕였다.

그러자 미리 준비라도 한 것처럼 녹색 빛이 영롱한 투명한 술병 하나가 탁자에 올라왔다.

"북쪽에서 구한 아주 귀한 술입니다."

녹색의 액체가 아카드의 잔을 가득 채웠다.

아카드는 아무런 거리낌 없이 단번에 술잔을 비웠다.

"독특하군요. 어디선가 먹어 본 맛인데."

"그럴 리가 없을 텐데요?"

"국왕도 한잔 받으십시오."

아카드가 술병을 기울여 국왕의 잔을 채웠다.

그런데 국왕은 술잔에 손도 대지 않았다.

"나는 속병이 있어서 천천히 마시도록 하겠습니다."

"그러시든가."

아카드는 고개를 끄덕였다.

한동안 국왕은 대륙의 정세와 전쟁에 관해 주저리주저리 읊어 댔다.

마치 시간을 끄는 것처럼.

"그런데 두 분이 함께 계시니 마치 한 폭의 그림처럼 보입니다."

"그걸 잘 아는 새끼가 이런 짓을 벌여?"

아카드 왼쪽에 앉은 국왕은 얼떨결에 포크를 들었다. 하지만 그의 손은 음식에 닿지 못했다.

"지금 뭐라고 했소?"

"마지막 만찬이 될지도 모르는데 많이 먹어 둬."

땡그랑!

국왕의 손에서 포크가 떨어졌다.

"아카드 백작. 너무 무례한 행동이 아닌가?"

국왕은 자리에서 벌떡 일어났다.

그러고는 아카드를 향해 비웃음을 날리며 말했다.

"자네가 지금 먹은 술에 뭐가 들어 있는지 알고 있나?"

"독이라도 탔나 보지."

너무나 태연하게 대답하는 아카드의 행동에 국왕은 코웃음을 쳤다.

"그린 몬스터라고 들어 봤나? 한 방울만 마셔도 절대 살아날 수 없는 극독이지. 네놈의 건방짐도 오늘로 끝이다."

"그 사실을 밝히는 이유는?"

"안타까워서지. 내 말만 잘 따랐더라도 나의 뒤를 이어 다인 왕국의 지배자가 될 수 있었을 텐데. 하지만 내가 가질 수 없다면 죽여 버려야겠지. 자네는 너무 위험하거든."

"그런가?"

아카드의 입가가 뒤틀려 올라갔다.

"죽음을 맞이하는 기분이 어떤가?"

"아무렇지도 않은데."

"태연한 척하기는. 혹시 옆에 있는 성녀가 치유 마법으로 살려 줄 거라고 기대하는 거라면 포기하는 게 좋을 걸세. 그린 몬스터는 신이 와도 살려 낼 수 없는 극독이니까."

국왕의 음성은 조곤조곤했다.

하지만 장내의 모든 대신들이 이들의 대화에 귀를 기울이고 있었다. 어느새 악단은 물러나고 홀 전체에는 살기가 맴돌았다.

"죽을 놈들은 참 말이 많아. 그래서 대체 언제 죽는다는 건데?"

"뭐?"

"금방 죽는다며? 도대체 언제 독의 효과가 나타나느냔 말이다."

아카드는 국왕을 향해 고개를 들었다.

그의 얼굴에는 정말로 아무런 이상도 보이지 않았다.

갑자기 그레고리 2세가 궁중 대신을 노려보았다. 궁중 대신도 이 상황이 이해가 안 되는 건 마찬가지인지 딱딱하게 굳어갔다.

아카드가 천천히 일어났다.

그러고는 국왕을 내려다보았다.

"어떻게? 이럴 리가 없는데?"

그레고리 2세가 당황한 음성을 토해 냈다.

그린 몬스터는 아카드가 혼인을 하지 않으면 처리하기 위해 준비한 비책이었다. 얼마 전에도 그린 몬스터의 독성을 시험해 본 상태였다.

하지만 아카드의 표정은 너무나 당당했다.

"감히 성녀를 모독한 죄. 또한 제국의 귀족을 독살하려고 시도한 죄. 마지막으로 흑마법사와 손을 잡은 죄!"

쾅!

아카드의 손이 탁자를 내려쳤다.

거기에는 샤론 공주가 가지고 있던 상자가 있었다.

아카드는 그 상자를 초록색 액체가 담긴 술병 옆에 놓았다.

"교회에서는 이런 죄를 어떻게 다스릴까?"

아카드의 입에 불길한 미소가 번져갔다.

그 순간 그레고리 2세는 뭔가 잘못됐다는 사실을 깨달았다. 오히려 자신이 파 놓은 함정에 자신이 빠진 셈이다.

아카드는 이미 그린 몬스터에 한번 중독된 몸.

독에 관해서는 면역인 데다가, 몸속에 남아 있던 그린 몬스터의 기운이 물 정령에게 흡수된 상태였다. 독을 마실 때마다 점점 강해지는 비상식적인 힘을 지니고 있었다.

아무리 극독을 먹는다고 해도 아카드에게는 힘을 주는 강장제에 불과했다.

갑자기 문밖에서 소란이 일어났다.

그러고는 십자가를 가슴에 새긴 기사들이 우르르르 이곳으로 몰려왔다. 그 사이에서 거구의 사내 하나가 앞으로 나오며 큰 소리를 질렀다.

"화형이오! 본인은 물론 그 일족까지 화형에 처합니다!"

교황청의 자랑, 성기사단장 안데르센 2세다.

그 옆에는 월 크로우 2세가 아카드를 향해 미소를 짓고 있었다.

"이제부터 진짜 파티를 시작해 볼까?"

아카드는 잇몸까지 드러내며 잔혹한 미소를 짓고 있었다.

다인 왕국에 한바탕 혈풍이 불었다.

다행인 것은 혈풍이 왕실에 한정되었다는 점이다.

힘들게 살아가는 국민들에게는 조금의 피해도 가지 않았다.

오랫동안 다인 왕실을 지배했던 그레고리 가문은 철저히 무너졌다.

모든 일의 주범인 그레고리 2세는 국민들이 지켜보는 가운데 불에 타 죽었다. 또한 샤론 공주를 비롯해 왕가 일족은 평생 노역을 지는 노예 신세가 되었다.

교황청에 의해 주도된 이번 진압 과정에서 다인 왕가는 영원히 사라졌다. 진정한 교회 국가가 탄생하는 순간이었다.

하지만 성기사들의 움직임은 더욱 급해졌다.

이 일의 최대 피해자인 아카드와 에레나가 사라진 것이다. 두 사람을 찾느라 모든 성기사들이 동원되었다.

그러나 결코 두 사람을 찾을 순 없었다.

단지 교황 페드로 3세의 책상 위에 한 장의 메모가 바람을 타고 흘러왔다.

회복 마법을 배운 수업료는 확실하게 갚았습니다.

이걸로 우리 사이에는 아무런 채무 관계가 없음을 확실하게 통보하는 바입니다.

—아카드 폰 메디아

Chapter 11.
최후의 결전

마계로 넘어갔던 교주 소로스가 돌아왔다.

그는 오자마자 그간의 행적에 대해 보고를 받다가 인상을 찌푸렸다.

"구울로 공격하는 것 말고는 하나도 성공한 것이 없단 말이냐!"

소로스의 외투가 펄럭이며 검붉은 기운이 솟구쳤다. 일반 사람들에게도 확연하게 보일 정도로 공포스러운 기운이 교단 전체를 휩쓸고 지나갔다.

쿨럭! 쿨럭!

몇몇 흑마법사들과 암흑 기사들은 검붉은 기운을 이기지

못하고 피를 토하며 쓰러졌다. 남대륙 공작을 책임지던 흑마법사들과 암흑 기사단은 몸을 부르르 떨었다.

변명의 여지가 없었다.

"죄송합니다. 설마 교황청이 우리가 포섭한 자들을 모두 색출할 줄은 생각도 못 했습니다."

아무리 지방 영주들이 세력을 키웠다고 해도 교황청을 상대로 이기는 것은 무리다. 그런데도 비밀리에 만들어 두었던 패를 꺼낸 것은 교황청의 발목을 묶어 버리기 위해서다.

하지만 암흑 교단의 예상은 철저히 빗나갔다. 그들이 거사를 치르기도 전에 모조리 잡혀 버린 것이다.

왕실에 끌려갔더라면 빼내 올 수도 있었겠지만, 그들이 끌려간 곳은 교황청이다. 프레드릭 백작과 나머지 기사들을 조사하다 보면 흑마력을 들킬 수밖에 없다.

암흑 교단에서는 심혈을 기울여 키운 세력을 써먹지도 못하고 날린 셈이 되어 버렸다. 거기에다가 경각심까지 일깨웠으니, 앞으로 교황청을 비롯해 다른 모든 왕국에서 암흑 교단 첩자 색출에 적극적으로 나서게 될 것이다.

"멍청한 놈들! 아직도 모르겠느냐!"

"……."

"아카드! 바로 그놈 때문에 이번 작전을 실패한 것이다."

소로스가 이를 갈았다.

아카드, 아카드. 그 망할 자식은 교단이 실패한 원인에 항상 얽혀 있었다.

마족의 힘을 얻은 소로스 입장에서는 더 이상 두고 볼 수만은 없었다.

"그 망할 자식의 위치는 확인했느냐?"

"성녀를 데리고 사라졌다고 합니다. 하지만 결국 진 제국으로 오지 않겠습니까?"

소로스는 고개를 끄덕였다. 믿음이 가지 않지만 정황상 진 제국으로 올 수밖에 없다.

"일단 그 녀석이 도착하기 전에 진 제국을 정리하는 게 좋겠어. 방해물은 치워 버리고 그 녀석을 맞이해야 하지 않겠나. 오늘 밤 당장 모든 전력을 정비하고 나에게 보고하도록."

"하지만 그렇게 되면 저희가 침투시킨 첩자들을 빼 올 시간이……."

암흑 교단이 지금까지 세력을 유지할 수 있었던 것은 철저히 자기 사람을 보호해 왔기 때문이었다. 교단이 지켜준다는 믿음이 있기에 첩자들은 목숨을 걸고 충성해 왔다.

"그딴 쥐새끼들은 이제 쓸모가 없다. 사소한 거에 신경 쓰지 말고 모든 인원을 긁어모아라. 한 방에 무너뜨린다."

그동안 첩자들을 양성했던 암흑 기사들의 표정이 어두워졌다.

"그리고 새롭게 개량된 구울들도 데리고 가라. 연합군 장군들의 시체로 만들었으니 좀 더 특별한 공격력을 보일 것이야."

소로스의 말에 흑마법사들과 암흑 기사들은 고개를 조아렸다.

"교주의 명을 따르겠습니다."

암흑 교단의 구성원들은 자신감 넘치는 표정을 지었다. 이번에는 천 년 전의 실패를 만회할 자신이 있었다.

성기사와 사제가 없는 연합군 따위에게 질 리가 없었다. 교단의 모든 전력이 출동한 이상 연합군도 수비만 할 수는 없다.

최상급 흑마법사들의 파괴력은 성벽마저 뚫어 버릴 만큼 강대하다. 만약 성안에 숨어서 나오지 않는다면 공중에서 공격해 버리면 그만이다.

흑마법사들과 암흑 기사들은 각자의 임무에 최선을 다했다. 흑마법사들은 모든 재료를 짜내 구울을 최대한 많이 생산했고, 암흑 기사들은 두 공국 기사들과 구울을 점검했다.

드디어 암흑 교단은 천 년의 한을 풀기 위해 총력전을 준비했다.

　　　　*　　　　*　　　　*

　"드디어 도련님께 연락이 왔군. 가문의 모든 가신들은 출전을 준비해라. 목적지는 진 제국이다!"

　"배를 띄워라! 드디어 출전이다!"

　모건 가문의 총집사 블라디우스를 필두로 한 모든 가신들은 일제히 준비했던 해적선에 올랐다. 원래부터 해적이었던 모건 가문의 가신들은 드디어 자신들의 장기를 자랑할 수 있다는 사실에 피가 끓어올랐다.

　그들은 오랫동안 모건 가문이라는 귀족의 울타리에서 참고 견뎠다. 해적왕 모건 백작이 중태에 빠졌을 때도 피를 토하는 심정으로 제국을 빠져나왔다.

　그들은 때때로 아카드를 원망했다.

　사실 아카드가 자신들의 족쇄를 풀고 마음껏 복수할 수 있도록 도와주지 않은 것이 내심 섭섭했다.

　하지만 아카드의 편지가 도착한 순간, 모든 족쇄가 풀려버렸다. 예전으로 돌아가 바다를 마음껏 휘저을 기회가 왔다.

　"이제 우리의 앞을 막는 모든 적들을 섬멸한다!"

　"와아아아!"

블라디우스의 고함 소리에 모건 가문의 가신들은 함성으로 화답했다. 사실 그들은 이번 전쟁에 참여하는 것에는 큰 의의를 두지 않았다.

단지 모건 해적단이 부활했다는 사실이 더 감격스러웠다. 그간 제국의 눈치를 보느라 너무 참고 살았다.

덕분에 해적선에 올라탄 모건 가문의 가신들은 들떠 있었다. 이제 대륙을 향해 모건 해적단의 부활을 알릴 때다.

"진 제국으로 출발!"

"와아아아아!"

그동안 한 맺힌 울분을 참고 견뎠던 오크 전사 듀랄의 외침이 바다 깊숙이 울려 퍼졌다. 그와 동시에 모건 가문의 가신들은 힘차게 팔을 휘두르며 노를 저었다.

"쯧쯧쯧! 미친놈들. 해적 노릇이 그렇게 좋을까."

선상에서 가신들의 모습을 지켜보던 모건 백작이 이쑤시개를 잘근잘근 씹으며 냉소를 지었다. 흑마력에 중독된 그의 몸은 에레나의 성력과 아카드가 소환한 물의 정령의 도움으로 완전히 나았다.

오히려 예전보다 더 팔팔한 상태다.

모건 백작은 혹여나 부하들에게 호승심을 들킬까 표정 관리를 하며 새어 나오는 웃음을 억지로 참았다. 누가 해적 왕이 아니랄까 봐 오랜만에 뱃길에 오른 그의 표정은 더없이 힘차 보였다.

"예비 며느리가 과부되는 꼴은 절대 볼 수 없지. 이 몸이 나서서 부족한 아들놈을 도와줄 수밖에."

＊　　　＊　　　＊

연합군 총사령관 루시르 폰 클라우스는 눈을 뜨자마자 국경의 상황을 살폈다. 암흑 교단의 꾐에 빠져 전력의 반을 잃어버린 후로, 그는 누구도 믿지 않았다.

자신의 눈으로 확인한 것만 믿을 수 있기에 전장을 살피는 것은 직접 했다.

국경에서 가장 핵심이 되는 곳은 북쪽의 문.

암흑 교단과 직접적으로 대치하는 곳이기에 북쪽 문을 감시하는 병사들은 밤낮으로 경계를 늦추지 않았다. 그리고 아침이 되면 모든 상황을 일일이 사령부에 보고했다.

루시르 폰 클라우스는 여느 아침과 다름없이 북문으로 향했다. 그런데 가까이 다가갈수록 병사들의 동요가 느껴진다. 평소와는 달리 긴장된 표정이 역력하다.

그들은 자신의 총사령관이 오는 것도 모르고 심각한 표정으로 무언가 얘기를 나누고 있었다.

"무슨 일이냐?"

총사령관의 질문에 그제야 병사들은 굳은 자세로 경례를 했다. 루시르는 뭔가 일이 잘못됨을 느끼고 황급히 다가갔다.

"총사령관님. 성 전체가 구울들에 의해 포위되었습니다."

"어제까지만 해도 북문에만 몰려 있지 않았나. 성 전체라니?"

"한 시간 전, 사방에서 구울 떼들이 몰려들었습니다. 정확한 숫자를 파악한 후 보고드릴 생각이었으나, 워낙 숫자가 많아 지금 막 보고하려던 참이었습니다."

구울들이 몰래 다가온 것도 문제지만, 요즘 국경 주변에는 안개가 자욱했다. 그러다 보니 새벽이 다 돼서야 간신히 발견한 것이다.

루시르는 병사들의 보고에 심각한 표정으로 말했다.

"지금 마법사들을 투입시킬 것이니 접근하는 구울들만 원거리에서 공격하게."

총사령관의 명령에 병사들은 경례로 대답했다.

"알겠습니다."

잠시 후, 화염 마법사들이 성벽에 배치되었다. 그간 잠잠했던 국경의 분위기가 갑자기 급박하게 흘러가고 있었다.

"국경 전체를 포위하기 위해 얼마나 많은 구울들이 투입

됐단 말인가."

예전보다 몇 배나 불어난 구울들을 내려다보며 루시르는 마른침을 삼켰다. 지금으로서는 구울 이외의 다른 변수가 나타나지 않기만을 기도했다.

"아카드. 언제 도착하는 것이냐. 제발 빨리 와서 우리를 도와다오."

평정이 깨져 버린 루시르의 입에서는 한숨이 새어 나왔다.

*　　*　　*

며칠 후.

국경의 상황은 점점 심각해지고 있었다.

구울들이 완전히 포위하게 되면서 보급품이 끊겨 버린 것이다. 식량이 끊겨 버리자 국경성 내부의 인심은 흉흉해지고, 연합군 장군들은 매일 총사령관 루시르의 무능함을 성토했다.

"그러니까 병사들을 잃었을 때 후퇴하고 후일을 도모했으면 이 지경까지 오지는 않았을 것 아니오!"

"이제 어떻게 할 거요. 이대로 굶어 죽을 작정이오!"

"병사들을 모아 한곳을 집중적으로 뚫고 후퇴합시다. 그것만이 살 길이오."

암흑 교단이 구울들을 나누어 국경 전체를 감쌀 줄은 꿈에도 생각하지 않았다. 전술적으로 볼 때, 포위하게 되면 병력의 층이 얇아져서 역습받기 십상이다. 즉, 전력이 분산되는 효과가 있어 한 점으로 뚫으면 쉽게 돌파되어 버린다.

이런 약점에도 불구하고 루시르는 절대 출전을 허락하지 않았다. 그는 남문을 열고 성을 벗어나는 즉시 암흑 교단의 함정에 빠진다는 사실을 직감적으로 눈치채고 있었다.

"총사령관. 이대로 있으면 다 죽소! 구울들이 흩어져 있으니 뚫고 나갑시다."

연합군 장군 하나의 주장에 루시르는 쓴웃음을 지었다.

"아직도 저들의 속셈을 모르겠소. 저들은 우리가 나오기만을 기다리고 있는 것이오. 다이슨 후작과 두덱의 일을 벌써 까먹으셨습니까?"

루시르의 말에 좌중은 일순간 조용해졌다. 과거 자신들의 동료였던 장군들의 일이 상기된 것이다.

"그럼 당장 내일부터 먹을 것이 없는데 어떻게 대처할 것이오?"

"비축해 놓은 식량이 전혀 없습니까?"

"보급품을 마지막으로 받은 것이 한 달 전입니다. 남아 있을 리가 없습니다."

이대로라면 연합군 병사는 물론이고 성안의 백성들도 굶어죽을 판이다.

"총사령관께서는 대책이 있으시오?"

"기다리고 있습니다."

"누구를 말입니까? 여기에 보충 병력이라도 온답니까?"

루시르는 고개를 저으며 쉽게 입을 열지 못했다.

확실하지 않은 것을 말했다가 희망이 절망이 될까 두려웠다.

하지만 일시적으로 연합군 내부의 소요를 가라앉히기 위해서는 헛된 희망이라도 잡아야 하지 않을까 하는 마음에 천천히 입을 열었다.

"아카드. 아카드 백작을 기다리고 있습니다."

"오호. 아카드 백작이 여기에 온단 말이오?"

"그래! 아카드 백작이라면 뭔가 수가 있을지도 몰라!"

사령부 내부의 분위기가 일순 밝아졌다. 아카드 백작이라는 한 마디만 했을 뿐인데도 급격히 안정되는 것을 느낄수 있었다.

"아카드 백작이 올 때까지만 기다려 봅시다."

"그렇게 하지요."

사령부 막사를 빠져나가는 장군들을 보며, 루시르는 씁쓸한 기분을 느꼈다. 어느새 장군들에게까지 희망으로 떠오른 아카드의 위상에 허탈한 웃음이 나왔다.

*　　　*　　　*

이번 출전의 총책임자를 맡은 사도 베넨은 느긋하게 진 제국 국경성을 바라보았다.

연합군은 여전히 성 밖으로 나오지 않았지만, 보초를 서고 있는 병사들의 불안함과 초조함이 여기까지 느껴질 정도였다.

"이놈들아, 그만 버티고 나오너라. 너희들을 환영하기 위해 아주 특별한 구울 부대가 기다리고 있단다."

어차피 시간이 지나면 연합군은 나올 수밖에 없다. 굶어 죽지 않으려면 말이다.

그들을 위해 특별 선물을 준비했다.

바로 얼마 전까지 연합군 동료였던 병사들과 장군들의 시체로 만든 구울 말이다.

베넨은 그들이 놀라 자빠질 광경을 상상하며 행복한 시간을 보내고 있었다.

"얼마나 평화로운 광경인가. 아카드라는 녀석만 없었더라도 대륙 진출이 1년은 빨라졌을 텐데."

아카드가 등장하면서 암흑 교단이 세운 모든 계획은 뒤

틀려 버렸다.

소로스가 준비한 것들이 허사로 돌아가면서, 결국 전쟁으로 대륙 진출을 하게 되었다.

베넨은 한쪽에 매복하고 있는 구울들을 바라보았다.

연합군이 믿고 있던 성기사들과 사제, 마법사들이 모두 암흑 교단의 충실한 수족이 되었다.

특히 베넨은 성기사 두덱의 시체로 만든 구울을 바라보며 묘한 기대감을 드러냈다.

살아 있을 때도 소드 마스터에 필적하는 성기사였으니, 구울이 된 지금은 얼마나 활약할 수 있을지 궁금했다.

구울을 제조하는 흑마법사의 말에 의하면 살아생전의 힘을 그대로 간직하고 있다고 했다.

만약 그의 말이 진짜라면 대륙 정복은 훨씬 더 쉬워질 전망이다.

"자아, 언제쯤 나를 즐겁게 해 줄 것이냐?"

사도 베넨은 국경을 바라보며 미소 띤 얼굴로 중얼거렸다.

그런데 갑자기 한쪽에서 큰 소동이 일어났다.

소동이 일어난 곳은 유일하게 강물이 흐르는 동쪽. 그곳에서 매복하고 있던 구울들이 죽어 가는 소리가 들렸다.

베넨은 가고일을 타고 공중으로 올라갔다. 그는 수십 척의 배에서 내리는 일단의 무리들을 발견했다.

"저것들 뭐야. 설마……?"

배에서 내린 무리들은 구울을 보는 족족 박살 내고 있었다. 인간들도 있었지만 그들 중 반 이상이 흡혈족과 오크족, 드워프로 구성된 이종족이었다.

"모건 해적단! 저자들이 여기에 왜 끼어든단 말이냐?"

이건 예정에 없던 일이다.

특히 마지막에 배에서 내리는 잿빛 머리카락의 중년인을 발견한 순간, 베넨은 눈을 부릅떴다.

"저건 모건 백작! 죽었다고 들었는데, 어찌 저렇게 멀쩡하단 말인가."

아카드는 아버지인 모건 백작에게 가신들과 함께 암흑 교단의 옆구리를 쳐 달라고 부탁했다. 당연히 모건 백작은 아들의 부탁을 흔쾌히 받아들였다.

너무 오래 누워 있다 보니 몸도 굳어 있었고, 이런 신나는 일에 자신이 빠질 수 없다는 생각에 가신들을 재촉했다.

그러다 보니 약속한 날짜보다 일주일 이상 이른 시간에 도착했다.

"이야! 너희들 특훈 좀 새로 받아야겠다. 시체 두들겨 잡는 데 무슨 시간이 그렇게 오래 걸려?"

해적으로 돌아간 가신들은 모건 백작의 한마디에 더욱 손이 빨라졌다.

자칫하면 지옥행에 맞먹는 해적왕 특별 훈련에 포함될 수 있다는 위기감 때문일까?

그들이 내뿜는 살기는 암흑 기사들이 내뿜는 흑마력을 능가하고 있었다.

그때 지금까지 본 구울들과 전혀 다른 구울 하나가 흉흉한 살기를 품으며 등장했다.

구울 주제에 검을 쓰질 않나, 어떤 구울은 흑마법까지 쓰며 해적들을 공격하기 위해 달려들었다.

"이 새끼가. 눈 깔아!"

오크 전사 듀랄이 도끼를 들고 달려가려고 했다. 하지만 그는 움직일 수 없었다.

모건 백작이 그의 뒷덜미를 잡고 당겨 버렸기 때문이다.

"나도 몸 좀 풀자. 일단 저 칼 든 놈은 내꺼."

듀랄은 첫 상대를 자신의 마스터에게 뺏기고 말았다.

열 받은 오크 전사가 마법 쓰는 구울에게 다가가려고 했다.

"미안. 나도 명색이 마법사인데 묵은 마나 때 좀 벗겨야지. 안 그래?"

모건 가문의 총관이자 엘프 마법사, 마리아드가 엘프의

기동력을 살려 이미 마법 쓰는 구울에게 달려들었다.

"그렇다면 구울을 회복시켜 주는 이상한 놈이나 잡아
야……."

"미안. 나도 피 맛 좀 봐야 하지 않겠냐. 양보 좀 해라."

총집사 블라디우스가 듀랄의 어깨를 잡으며 흉흉한 핏빛
눈동자를 빛내고 있었다.

"에이, 젠장! 나 안 해!"

결국 듀랄은 주변에 화풀이하는 수밖에 없었다.

*　　　*　　　*

"흑마법사 새끼들. 준비 많이 했네? 어떻게 성기사를 구
울로 만들 생각을 했대?"

모건 백작이 가고일을 타고 있는 베넨을 노려보았다. 그
러자 베넨은 천천히 앞으로 나섰다.

"마음에 드신다니 다행입니다. 하하하하핫!"

모건 백작이 몸을 돌려 듀랄을 불렀다. 그의 목소리에는
지금까지 숨겨 왔던 진득한 살기가 흘러 퍼졌다.

"오늘 여기에 있는 구울은 다 잡는다."

오랜만에 보는 해적왕의 모습에 가신들의 사기가 충만했
다.

"오랜만에 연장이나 한번 휘둘러 볼까?"

모건 백작은 구울로 변해 버린 성기사 두덱과 소드 마스터들을 향해 천천히 걸어갔다. 그에게 소드 마스터라는 말은 별 의미가 없었다.

죽었다가 살아나게 되면서 모건 백작은 또 하나의 벽을 깼다. 예전의 그랜드 마스터로 불리던 모건 백작이 아니다.

이미 그는 검이라는 경지를 벗어나 도구 없이도 상대를 죽일 수 있는 극한의 경지에 다다랐다.

"날 즐겁게 해 봐."

모건 백작이 주변에 떨어져 있는 나뭇가지를 들고 대충 휘둘렀다. 나뭇가지 끝에서 회색빛이 번쩍거렸다.

화르르르르!

여러 줄기의 회색빛은 두덱 뒤에 있던 소드 마스터 구울들을 새까맣게 태워 버렸다.

"방해꾼은 사라졌으니 마음껏 날뛰어 봐."

모건 백작이 나뭇가지를 휘저으며 구울이 된 두덱을 도발했다. 그러자 두덱은 검게 물든 망치를 들고 해적왕에게 덤벼들었다.

순식간에 이루어진 일대일 결투.

두덱이 핏빛 안개를 뿜으며 눈에 보이지 않을 만큼 빠른 속도로 망치를 휘두르고 있었다. 하지만 망치를 나뭇가지로 막아내는 모건 백작의 움직임은 너무나 평범했다.

시간이 흐르면 흐를수록 두 사람의 싸움은 반대의 양상으로 바뀌었다. 두덱을 감싸던 핏빛 기운은 점점 옅어지고, 반대로 모건 백작의 나뭇가지에는 핏빛 기운이 진하게 맺히고 있었다.

"재롱은 이걸로 끝이냐?"

두덱의 움직임이 눈에 띄게 둔해지자, 모건 백작은 가로로 나뭇가지를 그었다. 허공에 반듯한 핏빛 직선이 나타났다가 사라졌다.

댕그랑.

그 순간 두덱의 머리가 천천히 목과 분리되면서 바닥에 뒹굴었다. 하지만 모건 백작은 성에 차지 않는 표정이다.

"다음은 너."

모건 백작의 나뭇가지가 공중으로 향했다. 가고일을 타고 있는 사도 베넨에게 향했다.

"네놈이 내려올래? 내가 올라갈까?"

해적왕의 도발에 사도 베넨의 얼굴은 하얗게 질려 버렸다.

*　　*　　*

우르르르!

쾅! 쾅! 쾅!

하늘에서 검은 벼락이 떨어지고 핏빛의 선들이 난무했
다. 사방에서 시커먼 먹구름이 모여들었고, 그것들은 이내
연기처럼 증발해 버렸다.

암흑 교단의 이인자 사도 베넨과 검으로 인간을 초월한
모건 백작의 대결은 과연 저들이 인간일까 의심하게 만들
었다. 두 사람의 대결을 지켜보는 사람들 모두 그렇게 생각
했다.

하지만 실상 자세히 살펴보면 어른과 어린아이가 싸우는
것과 별반 다를 게 없었다.

사도 베넨의 흑마법은 화려하고 무섭게 보이지만 모건
백작은 나뭇가지 하나로 모든 공격을 차단했다.

베넨의 흑마법은 정말로 강했다.

비록 소로스의 그늘에 가려져 있지만, 최고 마법사의 경
지까지 오른 자다. 게다가 마족이 된 소로스에게 몇 가지
마법을 배우면서 인간의 한계를 벗어나게 되었다.

두 사람의 대결은 한동안 하나씩 주고받으며 균형을 유
지해 갔다. 하지만 시간이 지나면서 베넨의 흑마법이 한계
를 보였다.

모건 백작은 소로스에 의해 죽다가 살아나면서 흑마력에

대한 내성이 생겨 버렸다. 그러다 보니 모건 백작을 상대하는 베넨의 흑마법은 위력이 떨어질 수밖에 없었다.

"재롱 다 부렸냐?"

베넨의 흑마법 공격을 묵묵히 지켜보던 모건 백작이 씨익 웃었다. 마주 보고 있는 사람의 입장에서는 오싹할 정도로 공포를 안겨 주는 웃음이었다.

"딱 한 번 공격하마. 만약 네가 막을 수 있다면 목숨은 살려 주마."

말이 끝나기가 무섭게 모건 백작은 나뭇가지를 어지럽게 휘둘렀다.

파파팍! 파지지지직!

나뭇가지에서 여러 개의 빛줄기가 하늘로 뻗었다. 갑자기 하늘에서 수십 개의 벼락이 떨어졌다. 그 벼락 속에는 두덱에게서 흡수된 핏빛의 기운과 모건 백작이 가지고 있던 무속성의 마나가 포함되어 있었다.

"안 돼!"

하늘에서 떨어지는 수십 갈래의 벼락들 모두가 베넨에게 작렬했다. 공중에 떠 있던 사도 베넨의 움직임이 멈췄다.

쩌저저저저정!

사도 베넨의 얼굴에 균열이 일어났다. 처음에 실처럼 시작된 균열은 점점 유리가 깨지듯 몸 전체로 퍼져 나갔다.

"어떻게 인간이 이런 힘을……."

사도 베넨은 믿을 수 없다는 표정으로 중얼거렸다. 그것이 그의 마지막 유언이었다.

쩌저저적!

파파팟!

공중에서 베넨의 몸뚱아리가 떨어졌다. 하지만 바닥에 떨어지자마자 그의 몸은 먼지처럼 부서져 버렸다.

신기하게도 베넨의 신체에서는 피가 한 방울도 나오지 않았다.

모건 백작의 공격에 몸 안에 있던 모든 수분이 산화되어 버린 것이다.

"아이고. 간만에 움직였더니 삭신이 쑤시네."

공중에서 내려온 모건 백작은 달려오는 가신들을 향해 엄살을 피웠다. 가신들의 부축을 받고 일어난 해적왕은 주변을 살폈다.

"다 처리했냐?"

"깔끔하게 처리했습니다."

모건 백작은 만족스러운 표정으로 고개를 끄덕였다.

"설마 이깟 구울을 처리하면서 다친 녀석은 없겠지?"

"그럴 리가요. 애들 모두 쌩쌩합니다."

"대장! 한 탕 더 뛰라고 해도 기쁘게 받아들일 겁니다."

모건 백작은 부하들을 향해 손을 들며 입을 열었다.

"오늘은 고기 파티다!"

"와아아아!"

"해적왕 만세!"

"백작님 만세!"

그들은 피를 뒤집어쓴 상태에서도 고기라는 말에 환호성을 질렀다. 역시 해적의 피는 속일 수 없나 보다.

해적들은 오랜만에 선상에서 바비큐 파티를 벌였다.

가신들과 함께 배에 오르던 모건 백작의 발걸음이 갑자기 멈췄다. 그는 몸을 돌려 저 멀리 눈에 들어오는 진 제국의 성을 바라보며 조용히 중얼거렸다.

"아들. 믿는다."

*　　　*　　　*

소로스의 분노가 하늘을 찔렀다.

그는 검게 타오른 얼굴로 보고하는 흑마법사의 말을 들으며 점점 이성의 끈을 잃어 가는 자신을 발견했다. 그는 보고를 듣는 도중에 사라졌다.

조금만 더 들으면 폭주해 버릴 것 같았다.

"이 병신 같은 놈! 이길 수밖에 없는 패를 쥐어 줬건만!"

자신의 오른팔이나 다름없는 베넨이 이렇게 허무하게 실패할 줄은 몰랐다. 더 놀라운 사실은 죽은 줄 알았던 모건 백작이 뒤를 쳤다는 것이다.

아무리 마족의 경지에 오르기 전이라고 하지만, 전력을 다한 자신의 공격에서 어떻게 살아남을 수 있단 말인가.

게다가 자신의 주적이라고 할 수 있는 아카드는 모습도 드러내지 않았다. 암중에서 무슨 일을 꾸미는지 알 수 없으니 불안감은 점점 커져갔다.

"대체 어쩌다가 이 지경까지 왔을까?"

모건 백작의 반격으로 천 년을 준비했던 암흑 교단의 전력은 반 이상이 소실되어 버렸다. 사실 일이 이렇게 된 데에는 자신의 책임도 있었다.

확실하게 모건 백작의 목숨을 끊어 놓았다면, 오늘과 같은 참변은 당하지 않았을 것 아닌가. 거기다가 아카드가 자신의 아들 장례식에 왔을 때 미리 싹을 잘랐더라면 여기까지 오지도 않았다.

하지만 소로스는 자책하지 않았다. 오히려 이 모든 일의 책임을 아카드에게 돌렸다.

아카드.

아카드라는 인물 하나 때문에 천 년을 버텨 온 교단의 모든 일이 틀어져 버렸다. 아카데미 학생에 불과했던 애송이는 거대한 거물이 되어 마계의 힘을 얻은 자신을 압박하고 있었다.

"아카드. 네놈만은 무슨 짓을 해서라도 반드시 죽인다!"

소로스는 자근자근 씹어 먹을 듯이 이를 갈았다.

폭주하는 한이 있더라도 아카드를 산산이 부숴 버릴 작정이었다. 그리고 그가 아끼는 모든 사람들을 구울로 만들 것이다.

소로스는 자신도 모르게 폭주하면서 서서히 미쳐 가기 시작했다.

그는 교단에 있는 모든 사람들을 동원했다.

예전과 같은 전력은 기대할 수 없다. 특히 자신 대신 나서 줄 오른팔이 없다는 사실이 뼈저리게 아프게 다가왔다.

결국 소로스가 직접 나서야 했다.

그는 모든 전력을 모은 후 복수의 칼날을 갈며 진 제국 국경성으로 향했다. 그곳을 점령해야만 숨통이 트이고, 무엇보다도 구울을 다시 만들어 낼 수 있기 때문이다.

소로스를 중심으로 한 암흑 교단의 모든 흑마법사들이 진 제국 국경을 향해 움직이기 시작했다. 소로스는 아카드를 향한 분노와 복수심에 몸을 맡기고, 미친 듯이 연합군을 향해 몸을 날렸다.

*　　　*　　　*

진 제국 국경에 도착한 소로스는 지금 눈으로 보고 있는
상황이 도저히 이해가 가지 않았다. 그는 자신의 눈을 씻고
주변을 둘러보았다.

성안에는 아무도 없었다.

마치 오래전부터 비어 있던 것처럼 인기척이라고는 찾아
볼 수가 없었다.

"함정에 빠졌구나."

소로스는 자신의 실수를 인정하지 않을 수 없었다. 복수
심에 불탄 나머지 앞뒤 알아보지도 않고 무작정 국경성으
로 쳐들어온 것이다.

성안에는 거대한 마법진이 설치되어 있었다. 마치 자신
이 올 것을 예측이라도 한 것처럼 마법진 안은 성력으로 충
만했다.

"이깟 마법진으로 날 막을 수 있다고 생각했나!"

지금까지 한 번도 보지 못한 마법진이긴 했지만, 얼마든
지 힘으로 뚫을 자신이 있었다.

문제는 자신이 데려온 흑마법사들이다.

"으으윽!"

"읍! 쿨럭! 쿨럭!"

예상대로 교단의 흑마법사들은 괴로운 듯이 가슴을 움켜쥐며 쓰러졌다. 몇몇은 입 밖으로 피를 쏟기도 하고, 몇몇은 숨이 막히는지 입고 있던 옷을 잡아 뜯으며 괴로워했다.

대책도 없이 성력이 가득한 마법진 안에 들어오다 보니 속수무책으로 당해 버렸다.

"소로스. 오랜만이야."

"네 이놈!"

뿌연 안개 너머에서 몇몇 사람이 나타났다. 소로스는 나타난 사람들을 보며 죽일 듯이 강한 흑마력을 뿜어냈다.

교황청에 있어야 할 안데르센 2세를 필두로 한 성기사들과 고위 사제들이 사방에서 흑마법사들을 포위했다.

그들 중간에서 소르스가 아주 잘 아는, 너무나 보고 싶었던 자가 웃으며 다가왔다. 자신의 모든 것을 빼앗고 암흑 교단 천 년의 계획을 망쳐 버린 장본인.

바로 아카드다.

그의 뒤로 성녀가 된 에레나가 서 있었다.

"이 마법진을 설치한 것이 교회와 네년 짓이럿다!"

소로스는 아카드와 에레나를 향해 눈을 부라렸다.

다인 왕국을 떠난 아카드와 에레나가 처음 방문한 곳은 유로스 산맥. 거기서 모건 백작을 치유하면서 북쪽 상황을 살피며 느긋하게 준비하려고 했다.

하지만 연합군의 전력이 반토막 났다는 것과 보급까지 끊겼다는 소식에 금서 물품들을 기다릴 틈이 없었다. 조금만 지체하면 연합군이 전멸해 버릴 상황이었다.

결국 아카드는 교황청에 들러 성기사들과 사제들을 끌고 이틀 만에 진 제국 국경에 도착했다. 최상급 바람의 정령이 된 실리안의 힘이 불가능을 가능케 만들었다.

국경성에 도착한 아카드 일행은 모건 백작이 뚫어 놓은 길로 사람들을 피신시키고, 남아 있는 구울들을 대지 정령의 힘으로 땅속 깊숙이 묻어 버렸다.

아카드가 구울을 처리하자마자 곧바로 에레나가 나섰다. 그녀는 성기사들과 사제들에게 지시해 국경성 전체에 커다란 마법진을 설치했다.

사제들만이 펼칠 수 있는 마법진은 일반 사람들에게는 아무런 영향을 끼치지 않는다. 오히려 더 건강하게 만들어 준다.

하지만, 흑마력을 가지고 있는 마법사나 기사들에게는 그들이 지닌 힘을 반감시키는 역할을 한다.

아카드가 편안하게 최후의 일전을 벌일 수 있도록 에레나가 특별히 고서까지 뒤져 가며 고안한 마법진이다.

"그래요. 당신을 맞이하기 위해 신경 쓴다고 썼는데. 마음에 드시나요?"

소로스는 그들에게 살기를 뿜어냈다. 그는 가소롭다는 표정으로 물었다.

"가소롭군. 그런데 여기에 있는 네놈들이 전부냐?"

"아뇨. 설마요."

"그럼 그렇지. 나머지 것들도 모두 데려오너라. 한꺼번에 처리해 주지. 그리고 네놈들을 모두 구울로 만들어 대륙을 집어삼키리라."

에레나는 아카드를 향해 두 손을 잡고 부드러운 목소리로 대답했다.

"이런, 이런. 제 말을 오해하셨군요. 당신을 상대할 분은 이분이세요."

"두 연놈들이 미쳐도 단단히 미쳤군. 감히 마족이 된 나를 저놈 혼자서 상대한다고?"

에레나의 말에 소로스가 코웃음을 쳤다.

소로스는 아카드를 자신의 상대로 인정했다.

아카드의 천재적인 두뇌와 본능적인 상인의 감각에 대해서는 소로스조차 감탄을 금치 않았다.

하지만 아카드가 가지고 있는 정령의 힘은 전혀 두렵지 않았다. 마지막 정령사였던 샤피르가 앞에 있다고 해도 마찬가지다.

중급 정령사 정도는 한 손으로도 처리할 자신이 있었다.

"소로스. 물어볼 게 있다."

소로스를 노려보는 아카드의 눈이 흔들리고 있었다. 그는 감정을 억누르며 말했다.

"지수란이라는 여인을 아는가?"

"크크크. 왜 모르겠나. 내 손으로 직접 그년의 목을 꺾어 버렸는데. 왜? 그년이 네 어미라도 되나?"

아카드는 주먹을 꽉 쥐었다. 손가락 사이사이에서 핏방울이 떨어질 정도였지만 어금니를 꽉 물고 참았다.

"그로울리는 어떻게 되었지?"

"죽기 전에 궁금한 게 많은 모양이군. 어떻게 되었을 것 같나?"

"역시 죽였나?"

소로스는 고개를 저었다. 하지만 그의 표정은 뭐가 그리 즐거운지 입술에서 웃음이 새어 나왔다.

"크크크. 육체는 죽었지만, 심장은 마계소환진의 제물이 되어 아직까지 팔팔하게 살아 있지."

아카드는 붉게 달아오른 얼굴로 단숨에 뛰쳐나가려고 했다. 하지만 그의 손을 꽉 잡는 이가 있었다.

고개를 돌리니 에레나가 차분한 표정으로 그의 손을 쥐고 있었다.

그러자 아카드의 얼굴에서 흥분과 혼란이 사라졌다. 그

는 원래의 얼음과 같은 표정으로 돌아와 소로스를 노려보았다.

"너는 안 되겠다. 좀 맞자."

아카드의 눈에서 섬뜩한 기운이 빛과 같이 흘러나와 소로스의 몸을 관통했다.

"겨우 그깟 힘으로…… 읍!"

털썩!

소로스의 몸이 휘청거렸다. 그는 믿을 수 없다는 표정으로 자신의 몸을 살펴보았다. 분명히 눈으로 확인했고, 블링크라는 순간 이동 주문을 캐스팅했음에도 불구하고 마법이 듣질 않았다.

"망할 마법진 때문에……."

소로스는 곧이어 자신을 향해 다가오는 날카로운 느낌에 바닥에 몸을 굴러 피했다. 그의 등에는 식은땀이 흐르고 있었다.

"이게 무슨 힘이냐? 이건 정령의 힘이 아니다."

"한때 상계에 몸담았던 선수끼리 그런 건 물어보면 안 되지. 남의 영업 비밀을 맨입으로 알아내려고?"

아카드의 몸에서 나오는 정령의 힘은 기존의 정령사들과는 궤를 달리했다. 정령사가 되기 전 그의 몸속에 있던 마나들로 인해 그와 계약한 정령들은 특이한 능력을 가지고 있었다.

바람의 정령은 흡혈족의 기운을, 불의 정령은 엘프의 기운을, 그리고 이번에 새롭게 계약한 물의 정령과 대지의 정령은 각각 그린 몬스터라는 극독의 기운과 모건 백작이 가지고 있는 혼돈의 기운을 가지고 있었다.

그러다 보니 기존 정령사의 힘을 예상하고 대응했던 소로스는 속수무책으로 당할 수밖에 없었다. 거기다가 사제들이 설치한 마법진으로 인해 소로스가 사용할 수 있는 마족의 힘은 극히 제한적이었다.

"뭣들 하느냐! 이깟 마법진에 지지 말고 저놈을 쳐라!"

소로스는 공포를 억지로 집어삼키며 마법진 속에서 괴로워하고 있는 흑마법사들을 하나씩 잡아 아카드에게 던졌다.

흑마법사들과 소수의 암흑 기사들은 교주의 명령에 고통을 참으며 아카드를 압박해 갔다. 그들은 폭주를 각오하면서까지 가지고 있는 모든 흑마력을 끌어냈다.

아카드는 편안한 표정으로 자신을 포위하는 자들을 눈으로 스윽 훑었다. 그러고는 두 손을 들어 대지의 정령을 떠올리는 순간.

쿠르르르르!

지면이 흔들리면서 저 멀리서 거대한 바위 해일이 그들

을 향해 달려들었다.

에레나를 비롯한 성기사들과 사제들은 기상천외한 대지의 해일을 보며 두려워했지만, 어찌 된 영문인지 흙과 바위로 이루어진 해일은 그들을 통과해 버렸다.

그들은 자신의 몸이 무사하다는 것을 보며 신기해했다.

하지만 흑마법사들과 암흑 기사들은 달랐다.

어마어마한 규모의 해일이 굉음을 내며 그들을 덮쳤다. 순식간에 그들의 모습은 지상에서 사라졌다.

눈 깜짝할 사이에 땅 속 깊은 곳에 갇혀 버린 그들이 손가락으로 흙을 파며 위로 올라오기 위해 몸부림쳤다. 하지만 그들의 시련은 거기서 끝이 아니었다.

깊은 지하에서 틈을 타고 올라오는 용암과 위에서 내려찍는 압력으로 인해 그들은 형체도 남김없이 녹아 버렸다. 육체를 구성하는 피와 살, 뼈와 내장 기관들은 모조리 핏물이 되어 용암 속에 스며들었다.

소로스는 멍하니 그 광경을 지켜보았다.

지금 눈앞에 일어난 일은 인간의 영역이 아니었다. 세상을 구성하는 자연의 법칙을 뒤바꾸는 신의 영역이다.

아카드가 또 한 번 양손을 들어 올렸다.

이번에는 불의 회오리와 바람의 소용돌이가 주변의 기운을 빨아 당기며 거대해졌다. 정령으로는 처음 모습을 드러내는 라그니스와 실리안은 소로스 양쪽에 자리 잡고 그를 노려보고 있었다.

동시에 하늘에서는 비가 내리고 있었다. 이상하게도 투명한 빛깔이 아닌 녹색의 물방울들은 소로스를 향해 우박처럼 쏟아졌다.

어느새 에레나와 사제들이 심혈을 기울여 설치한 마법진이 사라졌다.

아카드가 최상급 정령 모두를 소환시키는 바람에 마법진이 힘을 견디지 못하고 소멸되어 버린 것이다.

하지만 상관은 없었다.

이제 남은 것은 아카드와 소로스 두 사람뿐이었으니까.

"어……찌! 인, 간이! 개돼지보다 못한 인간들이 이런 힘을 가질 수 있단 말인가!"

소로스의 눈에서 깊은 원한과 복수심이 흘러나왔다. 동시에 그의 몸이 부풀어 오르고 마법진으로 인해 억눌렸던 흑마력이 폭주하기 시작했다.

"진정한 마족의 힘을 보여주지."

"뭐냐? 그 표정은?"

아카드의 무덤덤한 반응에 소로스는 이마를 찡그렸다. 폭주를 각오하면서까지 짜낸 흑마력에도 상대가 반응을 하지 않는 것은 의외였다.

오히려 아카드는 담담한 표정으로 바람의 장막을 세워 흑마력의 유출을 막았다. 뒤에 있는 에레나에게 혹여나 피해가 갈까 싶어서다.

그 모습에 소로스가 버럭 소리쳤다.

"왜! 왜! 신의 능력에 근접한 마족의 힘에 굴복하지 않는 것이냐? 뭐가 문제야!"

"그거밖에 없어? 좀 더 나를 놀라게 할 수는 없나?"

화가 난 소로스의 얼굴에 핏줄이 돋아났다.

"반드시 네놈은 죽는다. 그리고 이 대륙도!"

소로스의 머리카락이 공중을 향해 삐쭉 솟아올랐다. 그의 손과 팔에서는 우드드득 하는 뼈가 마찰하는 소리가 들렸다.

얼굴에도 변화가 일어났다.

여유 넘치던 교주의 모습은 사라지고 그의 얼굴에 악마의 형상이 겹쳐지기 시작했다.

"너무 무리하는 거 아냐? 그러다가 육체가 버티질 못하겠는데?"

"크크크! 상관없다. 너의 육체를 내 것으로 만들어 버리면 되니까. 너는 결코 나를 이길 수 없다!"

수백 년을 살아온 힘!

마족에게 얻은 강인한 마력!

수많은 적을 베어 온 경험!

소로스는 모든 흑마력을 하나로 모았다. 마법진이 사라지면서 마력 소환진으로부터 마계의 에너지가 공급되었기에 가능한 일이었다.

원래는 캐스팅할 시간이 필요했지만, 마족의 힘을 얻었기에 시간의 제약마저도 뛰어넘었다.

소로스의 손에서 거대한 흑마력이 쏟아졌다. 캐스팅 시간도 없이 순식간에 생성된 거대한 검은 벼락이 아카드를 향해 뻗어나갔다.

마족의 힘은 예상보다 훨씬 더 지독했다.

대기가 진동하고 주변의 모든 살아 있는 생물들과 나무들이 생기를 잃고 말라비틀어져 버렸다.

"재밌네."

입술을 꽉 깨문 아카드의 눈은 웃고 있었다. 그는 소로스를 향해 손을 뻗었다.

쑤와아아악!

주변에 있던 모든 정령들의 형체가 사라졌다. 정령들이 아카드의 몸속으로 흡수되면서 벌어진 현상이다.

아카드는 샤피르가 이론으로만 완성했던 것을 현실로 구현하려 하고 있었다. 전무후무한 정령사의 마지막 경지. 정령왕의 힘을 스스로 열어 버렸다.

"커허허헉!"

순식간에 소로스의 얼굴이 부르르 떨렸다. 그의 몸이 자신의 뜻대로 움직이지 않았다. 그가 할 수 있는 일은 자신의 공격이 아카드에게 적중되기를 바라는 것뿐이었다.

"정령왕의 힘은 모든 마나를 갈라 버리지."

아카드는 자신에게 다가오는 검은 벼락을 향해 손을 휘둘렀다. 너무나 평범한 손짓. 그의 행동에서는 아무런 힘이 느껴지지 않았다.

하지만 나타난 결과는 그렇지 않았다.

아카드의 손바닥에서 뿜어진 무지개 색상의 기운이 허공에서 검은 벼락과 충돌했다. 소로스가 혼신의 힘을 짜내 펼친 공격은 무지갯빛 잔상을 남기며 흔적도 없이 사라졌다.

검은 벼락을 날려 버린 무지개 색상의 기운이 소로스의 몸을 그대로 관통해 버렸다

"쿨럭! 쿨럭! 욱!"

소로스의 몸속에 있던 검은 마력이 요동쳤다. 몸속에 들끓던 마나가 밖으로 빠져나가려고 하고 있었다.

소로스는 이를 악물고 버텼다.

하지만 버틴다고 버틸 수 있는 것이 아니었다.

소로스의 몸속에 정령의 마나가 침투하면서 그의 육체 내에서는 쫓고 쫓기는 싸움이 시작되었다.

모든 마나를 흡수하려는 정령의 마나와 그것을 피해 도망치려는 흑마력의 추격전이 시작되면서 엉망이 되었다. 마계에서 공급된 흑마력이 육체를 빠져나가면서 소로스는 처음 느껴보는 고통을 겪어야 했다.

　"크아아아악!"

　소로스는 고통을 참지 못하고 끔찍한 괴성을 질렀다. 동시에 그의 육체가 바닥에 고꾸라졌다.

　소로스는 바닥에 누워 하늘을 멍한 눈빛으로 바라보고 있었다. 천 년의 한은 물론이고 인간의 몸으로 신이 되고자 했던 모든 계획도 끝나 버렸다.

　그것도 한 사람으로 인해.

　"이, 이건 꿈이야. 이럴 수는 없어. 내가 겨우 인간 따위에게……."

　아카드는 소로스에게 다가가 물끄러미 내려다보았다. 소로스는 입에서 피를 게워 내며 힘겹게 땅을 짚고 앉았다.

　"난 마족이야. 인간 따위에게 이렇게 허무하게 죽을 순 없어."

　아카드는 그 말에 씨익 웃었다.

　"그만큼 살았으면 죽어도 후회 없을 것 같은데. 욕심이 과하군."

　"무려 천 년간 눈보라 속에서 동료의 시체를 뜯어먹으며 살아왔다. 동료의 시체를 먹는 심정이 어떤 건지 아나? 천년의 한을 네놈이 아느냔 말이다."

소로스의 눈에서 원독이 뿜어져 나왔다.

"수백 년이 지나서야 간신히 먹고 살 수 있었지. 겨우 식량 따위를 얻기 위해 우리는 무엇이든지 다 했다. 심지어 왕들의 부탁으로 정적을 제거하는 일까지 했지. 그때부터 나는 결심했다. 절대 저렇게 살지 않겠다고. 인간들을 노예처럼 부리며 평생 후회하게 해 주겠다고."

"그래서 하고 싶은 말이 뭐야? 짧게 해 줬으면 좋겠는데. 보다시피 여기가 좀 추워서 말이지."

아카드의 엄살 섞인 말에 소로스는 호탕하게 웃었다.

"크크크. 마지막으로 하나만 묻지. 어떻게 그렇게 강해질 수 있었나?"

생기를 잃어 가는 소로스의 질문에 아카드는 물끄러미 그를 쳐다보다가 입을 열었다.

"샤피르와 그로울리가 만들어 낸 정령의 힘을 얻었지."

"말도 안 돼! 겨우 중급 정령사의 힘으로 몇 달 사이에 그렇게 강해질 수 있단 말이냐?"

"마법진이 있었다. 거기에서 샤피르와 그로울리가 알고 있는 흑마법사들과 십 년 동안 싸워서 이겼지. 물론 그 대상에는 당신도 있었고."

소로스는 아카드의 이야기를 듣고는 크게 웃었다.

"푸하하하하하! 어쩐지 그로울리 심장의 힘이 약하더라니. 시간 역행 마법진을 만드느라 그렇게 약해진 거였군. 그로울리에게 보기 좋게 당했구나!"

소로스는 웃음을 멈추고 연신 기침을 해 댔다.

"이제 끝날 때가 되었군. 궁금증을 풀어 준 대가로 충고하나 하지."

소로스의 이어지는 말에 아카드는 의아한 표정을 지었다.

"인간을 너무 믿지 마라. 지금은 너를 영웅 대하듯이 하겠지만, 시간이 지나면 너를 제거하기 위해 온갖 술수를 부릴 것이다. 부와 권력을 위해서라면 온갖 더러운 짓도 서슴지 않는 것들이 인간이거든. 수백 년간 인간들을 지켜보면서 얻어 낸 결론이지."

"말이 너무 많아. 이제 그만 가라."

아카드가 자리에서 일어나 몸을 돌렸다.

그러자 소로스의 몸이 서서히 먼지가 되어 바람에 휩쓸려 갔다. 인간의 몸으로 마족이 된 사내는 시체도 남기지 못하고 허공으로 사라졌다.

그렇게 모든 것이 끝났다.

　　　　*　　　　*　　　　*

　대륙의 세력이 개편되었다.

　진 제국의 몰락은 사람들의 입에 끊임없이 오르내리고
있었다.

　진 제국이 무너지게 된 결정적인 배경에는 두 공국의 배
신이 있었다. 다이슨 후작의 배신으로 인해 진 제국 병사들
은 모조리 전멸했고, 지금은 작은 왕국이 되었다. 하지만
세상에는 암흑 교단과의 싸움으로 희생되었다고 알려졌다.

　아카드가 자신의 어머니가 태어난 조국을 배려한 탓이
다.

　노틸러스 제국은 이번 전쟁에서 겨우 체면만 세웠다. 연
합군 총사령관이었던 루시르는 전력의 반을 허무하게 잃어
버림으로써 체면을 구겼다. 하지만 아카드의 활약으로 그
의 실수는 조금 만회가 되었다.

　그로 인해 노틸러스 제국의 권력 구도가 바뀔 것이라는
소문이 파다하다. 클라우스 가문이 차지하고 있던 원로원
장과 제국의 재상 자리가 아카드에게 돌아갈 것이라는 추
측이 유력하다.

　모건 해적단의 가신은 이번 전쟁이 끝난 후, 다시 원래의
보금자리였던 흑해로 돌아갔다. 이번 전쟁에서 혁혁한 공

을 세운 그들은 귀족의 허울을 던져 버리고 다시 바다의 사나이로 돌아갔다.

그로 인해 지방 영주는 물론이고 바다에 인접한 국가들은 골머리가 아파 왔다. 또다시 모건 해적단의 횡포에 피해를 입을까 내심 두려웠던 것이다.

거기다가 해적왕의 아들이 대륙의 영웅 아카드 백작이다 보니 끙끙 앓고 있었다.

하지만 더 이상의 해적질은 없었다.

그들은 거대한 해상무역을 담당하는 중계 도시를 건설하고, 앞으로 더 뻗어 나가도록 토대를 만들었다. 물론 그 중심에 은행과 상단을 암중에서 지배하는 아카드가 있었기에 가능했다.

반면에 다인 왕국은 울상을 지었다.

그레고리 2세는 아카드에게 한 행동 때문에 그나마 가지고 있던 권리조차도 교황청에 뺏겨 버렸다. 또한 암흑 교단 첩자 노릇을 하던 지방 영주들도 각자 살길을 마련하기 위해 정신이 없었다.

아무리 협박이 있었다곤 하지만 그들은 암흑 교단의 명령을 받고 교황청을 공격했다. 지금은 교황청이 정비하느라 잠잠하지만, 곧 숙청할 것이라는 소문이 자자하다.

그들은 결국 자신들끼리 뭉쳐서 하나의 나라를 만들었

다. 비록 지방 영주들끼리 모였지만 백여 개에 가까운 영주들이 모이다 보니 꽤 큰 세력이 되었다.

또한 기사단 수는 적지만 대부분 암흑 기사들과 흑마법사에게 배우다 보니 질적으로는 웬만한 왕국의 가문보다 앞서는 면도 있었다.

지방 영주들은 지금은 망해 버린 윌슨 왕국에 터를 잡고 대륙을 향해 건국을 공표했다. 새로운 나라의 탄생이었다.

그렇게 혼란스러웠던 대륙이 진통을 겪은 끝에, 안정기에 접어들고 있었다.

＊　　　＊　　　＊

"이제 졸업생 대표의 선서가 있겠습니다."

일반적으로 졸업생 대표는 학생회장이 맡는 것이 관례이지만, 학생회장이 3학년이기에 수석 졸업생이 강당 위로 올라갔다.

제국 아카데미에서는 이례적으로 조기 졸업을 하게 된 검은 머리카락의 남학생이 단상 위에 섰다.

우와아아아!

졸업생 대표가 단상 위에 올라가자마자 사람들이 일제히 기립해 환호성을 질렀다. 졸업생만 일어나는 것이 보통인데 무슨 영문인지 졸업식에 참석한 학생들은 물론 학부모, 교수, 총장 레이놀드에 제국의 황제까지 일어나 박수를 보냈다.

단상 위에 올라간 사람이 보통의 학생이 아니고, 황제도 함부로 할 수 없을 정도로 거물이었기 때문이다.

졸업생 대표로 올라온 이는 얼마 전 공작의 작위를 받고 제국의 재상과 원로원장의 자리에 오른 아카드였다.

"선서."

"선서!"

"난 제국 아카데미의 자랑스러운 졸업생으로서, 불의를 참지 않고 도전을 두려워하지 않으며……."

아카드가 잠시 말을 끊었다. 그러자 눈을 감고 듣던 사람들이 무슨 일인가 싶어서 그를 쳐다보았다.

"뭐야?"

"무슨 일이야? 설마 선서를 까먹은 건 아니겠지?"

"에이, 대륙의 영웅이 그럴 리가 있겠나?"

사람들의 온갖 추측이 난무하는 가운데 아카드가 한 사람을 뚫어지게 쳐다보았다. 졸업식에 참석한 사람들도 자연스럽게 그의 시선을 따라 고개를 돌렸다.

그의 시선 끝에서 평범한 졸업생들과 똑같이 학사모를 쓴 여학생이 붉게 달아오른 얼굴로 고개를 돌렸다. 하지만 아카드는 짓궂은 표정으로 선서를 이어갔다.

"자랑스러운 제국 아카데미의 일원으로서 소중한 그녀를 아끼고, 평생 그녀를 지켜주며 사랑할 것을 여러분들께 맹세합니다. 졸업생 대표, 아카드 폰 메디아."

갑자기 주변이 쥐 죽은 듯이 조용해졌다.

사람들이 서로의 눈치를 보며 원래 이런 선서문인지 물어보고 있을 때, 갑자기 공중에서 펑! 하는 소리와 함께 한 여학생 머리 위로 꽃잎이 떨어지기 시작했다.

여학생은 멍하니 넋이 나간 표정으로 있다가, 양쪽 친구들이 흔드는 바람에 겨우 정신을 차렸다.

그때, 단상에 있던 졸업생 대표 아카드가 그녀 앞으로 다가왔다.

"너도 그래 줄 거지? 에레나?"

와아아아!

"대박이다!"

"졸업 축하합니다."

"졸업식에서 사랑을 고백했어!"

졸업식은 순식간에 아수라장이 되었다.

두 사람 주변에는 휘파람 소리가 난무하고 사람들은 그들의 어깨를 두들기며 축하해 주었다.

에레나는 얼른 마법을 써서 도망치고 싶었으나 아카드가

꼭 잡고 있는 바람에 고개만 숙이고 있었다.

아카드는 고개를 숙여 그녀의 귀에 대고 속삭였다.

"대답해야지? 얼른?"

"몰라! 이 바보! 멍청이! 꺄아아악!"

아카드가 한 손으로 에레나를 들고는 머리에 쓰고 있는 학사모를 공중으로 던졌다. 그러자 나머지 졸업생들도 고함을 지르며 모자를 벗어 던졌다.

형형색색 고운 꽃잎 사이로 검은 모자가 신나게 날아올랐다.

그렇게 사건 사고 많았던 두 사람의 아카데미 생활은 끝이 났다.

〈완결〉

DREAMBOOKS★